ぼくはきっとやさしい

町屋良平

河出書房新社

ぼくはきっとやさしい

1

受験を控《ひか》えた冬の日。ぼくは窓際の席にすわっていた。心は入試にゆるやかに焦っていて、いつも風邪をひく直前ぐらいに喉《のど》がいたかった。ウィルスに警戒し気を張った微熱を、つねに抱えていた。

冬実《ふゆみ》は机につっ伏して、顔をこちらにむけたまま眠るでもなく、窓の外をみていた。ぼくは、視界の内側に時おり入り込んでくるかのじょに、わずか苛々《いらいら》していた。

受験前にそんな態度をみせてへいきだなんて。

どこか憧れをふくんだ悪意を、無意識と意識の中間の、浮島めいたゆらめきのなかで育てていた。

そのとき、冬実の目がぱちぱちまばたかれた。

ぼくは瞬間、はっきり冬実の目をみた。雪がふっていた。錯覚のようだけど、まぼろしのようだけど、瞳にふる雪をみたのだ。

それで窓のほうをみるとどさっと雪がふりはじめていて、予報にない大雪にクラスがワアッとさわいだのだった。

ぼくは、もういちど冬実をみた。もう瞳に雪はなかった。いま、ほんとうに、雪がふる直前に、冬実の目には雪がふりはじめていたんだ、とおもってドキドキしてしまい、夜には高熱をだした。

やってしまった……、とぼくはおもった。追い込みに費やしていたモチベーションが挫《くじ》かれ、半ば自暴自棄的に試験そのものへの緊張感もほどけてゆき、そうして熱にあたためられた思考が、瞳に雪をふらせていた冬実のことを、過去を捏造《ねつぞう》するみたいにおもいだしていって、冬実の頬から首にかけての肌が、やけにしろくてかがやかしくおもえてしまい……

熱にうなされて、いまがもう何月何日なのかもわからない、そんなさなか夢みるようなノスタルジーを、子どものころみた風景を、断片的におもいだしていた。

「野球同好会、どうすかー、入らないすかー」

といわれ、ハッ……、とぼくは顔をあげた。キャンパスでは勧誘の手がそこここに波うっていて、ずいぶん賑々《にぎにぎ》しい。熱をだしてうなされたあと、不調をひきずったままかろうじて受験の数々をこなし、なんとか受かったゆいいつの大学でぼくは冬実と再会した。

すすむ大学が冬実とおなじであることに気づいてしまったときこそ、ぼくが正式に冬実に恋した瞬間だったのかもしれない。この大学のどこかに冬実はいる。まだはなしかけてもいない。あの、雪の日にがばと感情の蓋《ふた》がひらいて以来、ぼくはかのじょに声をかけることもないまま、無感動な日々をおくっていた。

「お、きみ野球はすき?」

高校まで野球部に所属していたぼくはしかし才能がなく、大学で野球にかかわるつもりはなかった。だから、「いや……」と応じる。気がつくと、となりに男がいた。同じように野球同好会に勧誘されている。新入生らしい。みると、ぼくよりやや身長のたかい、清潔感があるわりにとくに男前でもない、印象のうすい男がたっていた。

「おたくは入るの？」

「いや」

「だって、野球やってたんじゃない？」と印象のうすい横の男にいわれ、え？と声がでる。しかし黙っていた。なんでわかったんだろう？

「ほんと、月に一回草野球して、あとは女子マネと飲み会飲み会っすよ」先輩にいわれ、女子マネということばで食指が動きかけたその瞬間、「入りません」ととなりで声がした。やけにキッパリした横の男の拒絶だった。

「え、きみも入らないの？　野球すきだっていってたじゃん」

「や、じぶんはみるだけ。野球はみるだけの人間なんで、なににおいても、行動ではなく観察しかしないんで……」

「あ、じゃあぼくも、やめとくっす」

とついでに応える。

春の大学。勧誘の渦《うず》をかきわけかきわけ、キッパリと野球同好会入りを断り、行為を否定して観察を是《ぜ》とするという男に、「なんで野球やってたってわかったんですか？」ときいた。

「だってじぶん、『野球』ってきいたとき目がうるうるしてたから。空に白球が、放物線をえがくさまをじぶん視点からみたことある人間しか、その表情にならない。やってたヤツは皆おなじ顔になる。おれにはわかる。おれは野球がすきでよくみるけど、じぶんではしないからこそわかるんだ。野球ということばへの反応で、経験者か未経験者かはわかる。しない人間のほうが、わかることだってあるんだ」

そういうものだろうか？

高校最後の打席がぼくだった。四球目を空《から》ぶったとき、ぼくは土の舞いあがるにおいをおもいきり吸いこんだ。風の吹きながれる感触を肌で味わった。夏の蒸しあがる熱に反応して毛穴がボロッと汗を噴きだした。

ようするに、一気にからだが目ざめた。知覚と、霊感が同時に覚醒《かくせい》した。野球をやめることはとっくに決意していた。

どうして最後の最後に、気がついたのだろう。スポーツのよろこびは、自然と一体になることにあった。勝ち負けじゃなかった。いや、勝ち負けすら自然にとり込まれるものだった。そう考えるべきだった。

グラウンドで土を、風を、季節を、チームメイトのこえを、体温を、きもちを感じることの、よろこびよ。バットを握ることではじめて、真冬にこごえる指のはらのひびわれがくっついたことに気づく、道具とつうじた身体性。真夏日のナイスプレーでチーム内をいきかう涼感《りょうかん》。そのぜんぶがとにかく圧倒的に自然。自然をもらう。スポーツをとおして。

そんなことに、やめるときにようやく気づくなんて！

最後のひと振りを、がばっと空ぶった日のグラウンドでの、一瞬の感覚がときどきおもいだされる。ふしぎと、感覚のいちいちがぼくの肉体を駆りたてて、思考にむかわせている。なんとかして、風景を記憶して生きたい。からだのすみずみに感覚が充溢《じゅういつ》したときには、たとえ点滅するようであっても、すみきった景色をつくりだせるように。

悔《く》いはある。もっと濃密な時間を練習に費やしていれば、みられたべつの景色もあったろう。ぼくはホームランも打ったことがない。でももう野球なんてしない。筋トレ練習筋トレパシリパシリパシリばかりの、あの日々はつらかった。だけど高校の最終打席のきもちよさ、もう次はないとさとった空ぶりのやるせなさだけは、キッチリおぼえている。

「たしかに野球やってたけど、もう大学ではしないかな」

「あっそう」

男は名前を照雪《てるゆき》といった。

冬実のことはキャンパスで時おり目にすることがあった。しかしぼくはろくに挨拶することもできずにいた。すきのきもちが高じて、目をあわせることもできなかった。

かのじょは特徴のない女のこだった。サークルだイベントだとはしゃぐこともなく、でもわかりやすくさめているわけでもない、存在感のうすい大学生だった。でもぼくはあの冬の日いらい、かのじょにドキドキしっぱなしで、寝る前と起きたときにはかならず冬実のことをかんがえた。

そのなかでかのじょはよく笑う。

とてもうれしそうだ……

なにに心がよろこんでいるのかな。

三ヶ月ぐらい呻吟《しんぎん》したあげくに、ろくに挨拶を交わす間柄も経ないまま、爆発しそうなおもいが高じて告白したらあっさり「いいよ」といわれて、ぼくはうれしいとともにどこか拍子抜《ひょうしぬ》けした。たぶんその瞬間に、冬実へのおもいをじくじくと燻《くすぶ》らせていた日々の記憶をうしなった。

冬実に告白した日からあらたな記憶ははじまった。

「いいよ。わたしのことがすきでいいよ」

と冬実はいったのだ。ぼくは、冬実のこえを、冬実の発言のくせを、冬実のイントネーションを、まるごとおぼえていたかった。

新緑の隆盛する木枝の隙間《すきま》から光射す空のしたで。

「というと?」

「すきになってみる、あなたのこと」

冬実はそういい、ぼくの服のなかをさわった。ぼくの二枚重ねて着ていたTシャツの、オレンジのしたの青のしたの皮膚《ひふ》をこねこねさわった。すごいことをする、とおもった。

「やばいよ」

ぼくはいった。

「やばいって……」

冬実は無口だった。話すのは自然のことばかりだった。川がきれいとか、星がすごいとか、あ、猫が二匹とか、きょうはすずしいねとか、また雪がみたいとか……

ぼくじしんもどちらかといえば無口だったし、自分のことをしってもらう意欲も欠けていたから、雪、みたいね、あしたは、あついよ、星、すごいね、猫、みつけられてえらいね、川、おれもすきだよ、とか、会話を主に沈黙ですすめる。あまりに気づまりなので、そのころには大学で唯一の友だちとなっていた照雪をかのじょに紹介した。デイゲームを球場に三人でみにいった。あの日はたのしかった。追憶が滋味《じみ》を帯びてからだいっぱいひろがる。その日は照雪がいたせいか、会話がとてもうまくいった。スタメン紹介のときなど、

「応援歌って、皆にあるの？」

「ない選手もいるよ、新人とか」

「そういや、オールは幸先《さいさき》いいね」

「汎用《はんよう》のなしで、オールで応援歌が揃《そろ》うのな」

「へえ、ない選手、かわいそう」

冬ちゃん、こんなしぜんに笑うんだ！とおもって動揺した。三塁打がスタンドギ

リギリに当たるのをのぞき込んだときの、おりた耳横の髪とさがる睫毛《まつげ》の角度がいっしょで、かわいい！　きらきら感動していた。

人並みに映画、人並みにショッピング、人並みにカラオケ、無言がちにデートを重ねた。ボウリングのあとで靴を巨大な業務用ゴミ箱のようなものに入れて返却し、「なつかしおもしろかったねー」とかいいあった。運動するとたしょう会話が発生する。これは発明だ。

およそ七年ぶりかというボウリングに痺《しび》れたぼくの上半身は、感覚の一部をうしなっていた。筋肉が痺れて、重力に圧された下半身と切り離され、ひきあげられるような浮遊感をかんじている。

そのときに、ぼくはパカッと閃《ひらめ》いたのだ。

冬ちゃんと手を繫《つな》ぎたい。

というより、繫げるのだ、という可能性におもいが至った。筋肉疲労に啓示《けいじ》を授けられたかのよう。

そこで顔があつくなり、無言がちにあるいている道すがら、だいぶ沈黙にも慣れた。こわごわと距離を寄せ、こわごわと半袖からのびた肘《ひじ》をくっつける。こわごわと手の甲をくっつける。

なにしろ初だった。ぼくは女のことこのように手を繋いだことはなかった。フォークダンスの経験すらもなかった。だから突発的に「危ない！」と手をひかれる、教室内事故的状況しかパッとおもいだせる記憶がなかった。危機を教える女子の手つきは、男女の色気なくたぶんに少年的、友情的。それも小中学校いらいのことだったようにおもう。

ぼくは、おもいきって……

「なんかきもちわるい」

と冬実がいった。露骨に不快をしめしている。ぼくはぎょっとして、「ゴメン！」とあやまった。

「じゃなくて、そういうふうにこわごわさわられるのがいちばんきもちわるい」

といわれ、強引に手をとられる。冬実の温度がつよい。手のひらと手のひらが繋がる経験は、他のなににも代替《だいたい》の利《き》かない、まったき閃光《せんこう》なのだとおもいしった。

幸福感に酔った。

しかし、こんな感動の氾濫《はんらん》はこわすぎる！

ぼくは反射的に手をふりはらった。

時がとまり、ふたりの足はすくんだ。

「あ！　ゴメン……」

冬実がどんな顔をしているのか、もうみられない。こわい。こういうときに、季節が役だった。夏の終わる風のにおいがして、ぼくはようやく、なにかをいわなければ感情はなにひとつつたわらないんだ、ということをおもいだした。

「ゴメン、おれ、ハイパーセンチメンタルで、いま……」

こわごわと冬実の顔をみる。ほほえんでいた。

「センチメンタル？」

「季節が……、夏が溶けた。ぼくの手のなかで、ビックリする……」

「意味わかんない」

「か、感動？」

「感動？」

「感動、した！」

ぼくはぎゅっと目をつむり、天を仰いで叫んだ。けれど、感動はたのしいにもうれしいにもしあわせにも、どの情動にも当て嵌《は》まらない。感情外の感情が、はげしく動揺した。だからわからない。こんなことがつづいて、ぼくのからだは保《も》つだろうか？ その日はもう手は繋げなかった。

「こんど、うちにこない？ もしよかったら、だけどさ……」


そうして母親も弟も出かけて家にいない時間を利用し、はじめてかのじょをぼくの部屋へ誘った。

ぼくはティーバッグをお湯で撃つように紅茶をそそぎ、湯気ごしにかのじょがぼくのベッドに座って部屋の構成をまじまじみているのを眺めた。

「男のこの部屋……」

かのじょは紅茶を一口すすり、

「という、感じがしない」

ぼくはなんと応えるべきかわからず、黙った。かのじょが部屋にくるまえにこまごま片づけたのは確かだ。ティッシュもゴミ箱も、リビングにうつした。他にも、ダンベルとか、野球のグローブとか、グラビア付きの漫画雑誌とか、思い出の染み込みすぎているペナントとか小物とか日記とか、なんか女のこがくるのに「余分そうな」要素はぜんぶ排《はい》し、ぼくと冬実のいるべききちんとした空間をつくりこんだつもりだった。

「これはなに？」

「あ、ヨガマット」

青空色のマットがくるくる巻かれているのをみて、かのじょはきいた。

「ヨガとか、すきなの？」

「とか……？　まあ、たまにやってるよ」

「なんかちょっと、やってみて、ヨガ」

「え？」

「いちばんむずかしいやつ」

「ていってもねえ……」

といわれ、ぼくはマットをくるくるほどき、

「これは蛍《ほたる》のポーズといってね……」

といい、肩幅に足をひらいた姿勢のまま前傾し、両手を両足かかとのうしろにつき、蛙《かえる》ポーズでからだをうかし、すこしずつ足をあげ、さらに股《また》を最大限ひろげるかたちで天たかくひらきあげた。

すると冬実は腹を抱えて大爆笑。

ぼくじしんには笑わせる意図はなかったのでじゃっかん不服に感じたが、なんにせよしぜんにうれしいきもちになった。ぼくが冬実を自力のみで笑わせることができたのは、あとにも先にもこの日だけである。

「仏教は、現世的人間が普遍的人間として生きる臨界点《りんかいてん》についてかんがえるには、とてもむいてるものだよ……」

といっても、冬実は笑いの渦に巻かれたままで、まったくきいてはいなかった。

「ふ、ふふふ」

かのじょは紅茶をはんぶんのんだあたりでおもいだし笑いをもらし、「ふみくん、ミステリアスだね」という。

「そんなんじゃないよ……」

「そう？」

「なんか、そんなんそんなすきじゃない」

「そんなん？」

「ミステリアスとか、変わってるとか、天邪鬼《あまのじゃく》とか……、レッテルがいや……っていうわけでもない、なんていうか、うーん、というか……なんつーか……」

「うん」

「ぼくはただでっかくありたいんだ！」

前ぶれもなくきゅうにきざした勇気が、ぼくに大風呂敷をひろげさせた。冬実の黒目はくるくる回っている。じぶんのなかに、そんな志向があったなんて、おもってもみなかった。どちらかといえば、目だたず、弱く、ちいさい、主人公になりえない人生を生きようとここまできたきがしていたのに。

冬実は、うっすらほほえんだ。やさしく、しかしかなしげに。

「聖地ガヤと、聖なる川ガンジスのながれる地バラナシの中間のような存在でおれはいたい。日本じゃぼくには狭すぎる」

きもちいい。

宣言はきもちいい。いわせてもらえた、という感謝の気もちが湧きあがる。

「すごいね、君みたいなひとが、日本じゃ狭すぎるなんて、それって、もっとちがうひとがいうせりふだよそれ、イチローとか？」

冬実の笑いはふたたび加速する。しかし、けしてやわらかなぬくみを含む空気ではなかった。じじつ、ぼくがこんなにおおきくでられたのはきみのおかげなんだよって、心はがなるように叫んでいるのに現実にはいえていない。それで……、おもいをつたえるには行動あるのみって、心のフェーズが移行した。だけど、ぼくがおもいきってテーブルを挟んだ対面を離れ、ベッドの横に座るなりかのじょは、「ごめんね」というのだった。

「え？」

かのじょはなぜ謝《あやま》ったのだろう？　男の欲望がみすかされたのだとしたら、それだけじゃないとただしたかった。

「ごめんね、ふみくん」

と、かのじょはいう。

「わたし……」

なんとなく、その先をききたくなかった。けっきょくぼくはだらしなく暴力で、やっぱりどうしようもなく男で、かのじょの手を繋いでハグをした。けっきょく男の欲望で女のこの神秘は神秘のまま、押し倒す勇気もなく、体温と拒絶の温度との落差に耐えきれず、ぼくはしずかにからだを離した。

「おれ、ぼ、ぼくは……」

すきなだけなんだ。いっしょにいたいだけなんだ。でも、乗り越えなきゃならない「壁」が、いつもあるようにおもえてしまうのはどうしてなんだろう？　男としてだけではなく、おなじいきものとして寄り添いぬくもる、普遍にあらがう、欲望だけど、欲望+αのこの、その他、その他の感情は……。

「きょうはかえるね」

ふみくんまたね、と去ってしまった冬実。いつでも「またね」のあかるみだけで、きょうと明日は繋がった。

その夜、母親にお代わりをよそってもらうついでのように、「おい、きょう女子を呼んだろう」と弟はいった。

ぼくはきこえないふりをした。

「もう証拠はあがってるんだぜ。おかしいとおもってたんだ。朝、紅茶の場所をきいたりして。そんで、どこまでやった？　やっちゃった？」

母親が弟のお代わりをもって食卓に戻る。息子たちが異性欲を仄《ほの》めかすと露骨にイヤな顔をするきらいがあるので、そこで話は途切れた。しかしぼくはどうしても弟の物言いがじくじく痛み、かなしみ、顔が熱いような恥ずかしさとも相まってボロッと泣いてしまった。

家族はしずまった。うっうっと泣きながら飯をくう長男をみて、女にフられたとおもっただろうか？　しかしそうじゃない。自分でもわけしらぬ昂《たかぶ》りがぼくを落涙《らくるい》に走らせたけど、とりわけなにか激情にあつい涙を迸《ほとばし》らせているというわけじゃないんだ。

「なんだよ……、おまえ、泣くことないだろ。そういうとこだぞ。ちょっと、いやだいぶ？　いやとにかくまあまあ、ヤバイぞ。マジで。やらかすなよ？　なんか……、ようするに、なにがというわけでなく……やらかすなよ！　いままで兄弟だから客観的にみられなかった部分もおおきいけど、なんつうか、よくよく考えるとなんか、おまえの！　そういう……」

無言で泣きながら酢豚をおかずに米を食《は》んだ。母親は、「なにやってんの、もう！　喧嘩《けんか》するならもう、食事終わり！」と持ち前の極端さを発露させ、強引に食卓を片しはじめた。

ぼくにはもう「終わりの予感」があったのだ。弟はお代わりまでした食欲を取りあげられ、バツがわるそうに食卓が拭《ふ》かれるのを眺めていた。

「いや、なんか悪かったよ……。とり乱しました。キャッチボールする？」

「しない」

そうして三ヶ月、ひとつの季節を集中的にデートしたあげく、「ふみくんはたまにおもしろいけど、いっしょにいるとちょっとつかれるね」と冬実にいわれた。ぼくはまともに傷ついた。ぼくが冬実におもっていた感想と、まったくおなじだったせいかもしれない。より正確には、冬実にそういわれた瞬間、自分がおなじことをおもっているのだと錯覚してしまった。

初恋の相手におもいを遂げられるということは、特別な体験だ。だから、冬実のこえでいわれる冬実のことばは、あまりにもおおきい。これから起こることは、ぼくの一生を縛るだろう。

「そう?」

とぼくはいった。

「うん、そう」

「どうしておなじ映画、買い物でもカラオケでも、おなじ時間、空間を経験しても、こうも話が弾まないのかなあ」

冬実は、いつでもそうだ。じぶんのことも、ぼくたちのことも、どこか客観視しているように喋《しゃべ》る。ぼくは黙った。こんなに物事に相対する感覚、感想がおなじなのだから、つたわっているとおもっていた。口にださずとも。それに、「どうしてこうも話が弾まないのだろう？」というのはぼくにも共有された悩みだった。たとえば照雪でも、弟でも、他の女のこでも、もうすこし話すことができるのに、冬実には「つたわってる」とあんしんしてしまって、なにか充足しているつもりがあったのか？

ぼくは長考のすえ、頭のスイッチを一段切り替えるつもりで、おもいきって元気をふり絞った。

「たしかに、ぼくはなにごとにおいても前むきでなく、気力に乏《とぼ》しいかもしれない」

「うん」

「でも、冬ちゃんとこうしている時間が、何十年たっても忘れがたい、とうとい思い出になるんだって、確信してるんだ」

「うん」

「夜、夢をみている時間が、こうして昼間生きている時間と同列に大切で、区別できないとか、そういうこと。いい夢をみるということは、現実にふくまれてて、昼間いいことがあることと、区別できない、夢だって現実の一部なわけで……現世的幸福と、幻想的幸福と、区別すべきでないというか……あまり現実に拘泥《こうでい》すると、現実の範囲がどんどん狭まってゆく。いや、こんなんじゃつたわんない……こんなことがいいたいんじゃなくて、つまり……。うん……。ええと、つまり？　ぼくは、じぶんが、どうしても……いえない。うまくいえない」

「うん」

「でも思い出だけはいつでもうれしいんだ……」

と、そこまで、一息だった。

「まあ、よくわからないけど、それがふみくんなんだとおもう」

あんのじょう、冬実はそういった。しかし表情はどこかワンシーンを挟んだあとのよう、心なしかやわらかく感じられた。

「じゃあ、いこう」

「どこに？」

「夜の海とか」


それで木更津《きさらづ》へむかっていた。

夜の電車。

「岳文《たけふみ》くん」

ぼくたちはぎゅっと手を繋いでお互いの体重を一個に重ねながら、うすくまどろんでいた。車内は乗客もまばらで、ボックス席に座っていると世界に自分たちだけという感覚になった。冬実は眠りと覚醒の境界でぼくの名を呼んだ。

「もう野球、しないの？」

「しないよ、もう……。才能なかったし。運動神経ってのが丸ごと、なかったよ」

「みたかったな、ふみくんが野球してるとこ」

「……」

冬ちゃんがそんなふうにいってくれるなら、もう一度やればいいじゃないか、野球。何度だって、冬ちゃんのためだったら、なんだって、すればよかった。だけどそのときのぼくは、黙っていた。夜の電車のにおいをかいでいた。

「なんか、ないの？　他に、趣味とか」

「趣味？　なんだろ」

「うん」

「そもそも、趣味ってなんなんだろ。趣味ってよくわかんないな。無趣味かな。あ、恋かな？　冬ちゃんがぼくにとって趣味なのかも」

「きもちわるい」

「あとは日記かな？」

「日記？」

「ウン。高三ぐらいから……」

「日記って、どんなことを書いてるの？　雑記とか？」

「ぜんぶのことだよ」

「え？」

「おもいだせるぜんぶのことだよ。昔のことをおもいだしたら遡《さかのぼ》って書き足すし」

「おもってたのとちがう」

「そうだろうね」

「じゃあいま、わたしとふみくんがこうしていることも、あとで書くの？」

「書くだろうね。いつかわからないけど。明日か、数週間後か、何年後かもしれないけど」

「わたしがこうしてしゃべったことも」

「ちゃんと書くよ」

「こわー……」

「え？　だっておもいだせることなんて限られてるじゃん。そっちのほうがこわくない？」

「ぜんぜん。わかんない」

「ぼくはこわい。だから、日記にもういまおもいだせないこととか忘れちゃった感覚とかを書いてあるから、このまま真摯《しんし》に文章を書いてゆけば、日記がぼくよりぼくになるんだよ。日記のほうがにんげんに近くなる。文章のほうがぼくよりもぼくになる」

「だれかにみせるの？」

「みせないよ。みせたら日記にならないもん」

「なんで？」

「えー……だって、みせちゃったら、なんかちがうんだよ……」

みせちゃったら、だれかの都合のいい物語になっちゃうよ……、なんてうまくいえない、ぼくのきもち。どうやってもつたわらなかった。

「あ、あとまじにやることがないときは、瞑想《めいそう》する」

「瞑想？」

「ウン。もともとは、修学旅行とかで神社にいったときに参拝するじゃない？　それで願いごとを心のなかでいったりするけど、それがどうもなじめなくて……、なんで神様にお願いごとをするんだろうって、まあ、個人の自由の範囲内だけど、ぼくはあんまり神様にお願いとかしたくなかったから、できるだけ無心でいるようつとめたのがきっかけで」

「やっぱふみくんとこの先、会話してく自信ない」

そのときの彼女の表情をよくおぼえている。

「ふみくん、そんなこと女のこにいってはだめ。女のこの言外《げんがい》のかしこさを、舐《な》めたらだめだよ。あなた程度の神秘なんて、みんなすぐにわかる、でもことばにしないだけ」

「……」

ぼくはなにかしらかがやかしい気分になり、へらっとわらった。すべらかで、なにか特別な会話をしているきがした。彼女はわらっていなかった。真剣だった。めざめて。

と彼女はいった。

「花火だ」

ぼくはまちがえていた。

かのじょの示すすべてのものを、いつもまるごと、まちがえることに恋があったのかもしれない。窓外《そうがい》にひろがったのは観覧車だった。うつらうつらと寝ぼけていたにしても、季節外れの花火などとは見紛《みまが》いようもない、手のひらサイズの観覧車が、夜のしたでくるくる回っていた。

闇はすっかりおりていた。うす暗い木更津を、街灯をたよりにあるく。店のすべては閉まっていた。夜だから閉まっているのか、昼間から閉まっているのかわからないシャッターの真んなかを抜けて、海にのぞむ。ふたりは黙っていた。海にでてから、「海だ」「海だ」といい、とおくをみた。堤防に視界のほとんどを遮《さえぎ》られていて、ぼくらは月の反射する海面を、ジャンプして覗《のぞ》きみた。潮風が濃すぎて、胃に灼《や》けつくようだった。ぼくは岩場の、自分の腹のあたりまである出っ張りに飛びついて腰かけようとし、一度失敗して転びかけた。

「ハハッ」と照れ笑いすると、彼女は不意に、「照雪くん」とぼくの友だちの名を呼んだ。

「え？　照雪？」

「照雪くんのことが、わたしすきかも」

冬実ははっきりぼくの目をみていった。

ぼくの時間はとまった。冬実のこえをことばに、意味に分解する。そんな慣れたいとおしい手つづきにずいぶん手間どった。

どうしてきゅうに、照雪の名前がでてくるんだ！

「え、照雪？」

ぼくは間抜けにもおなじことをそっくりそのままきいた。

「そう。たぶん、ずいぶん前、いっしょに野球みにいったでしょ？」

そうだった。ついにホームランがぼくらのほうまで届くことはなかったが、ぼくらはたのしかった。贔屓《ひいき》チームのレプリカユニフォームをまとった照雪がもってきたシートをひろげて、ピクニックみたいにした。照雪がつくったお弁当をたべた。かれは家事全般を得意とし、生活能力にたけている。シーズン中は月に二度球場にいくという。点が入ると大急ぎにたちあがって傘をふってよろこんでいた。

「どういうところが？　すきなの、照雪の？」

「やさしいところ」

ぼくの地盤が崩れ、足が地面に溶けてゆく。そもそもぼくって、やさしくなかったんだな……。独善的《どくぜんてき》にじぶんのことばかり考えて。しかしやさしさとはいったいなんなのだろう？　やさしいきもちとやさしさは明確にちがう。

もう一度岩場に腰かけようとしたが、二度目も失敗した。また転《こ》けそうになり、前方によろけた。冬実にぶつかりかけて、するりとよけられた。

冬実の視線をみつめて、ぼくは悟《さと》った。ぼくと冬実の「会えない時間」は、こんなにも違ったんだ。

夜、ねむる前のぼくが星をみて、いま離れているけれどおなじ星をかのじょもみて、ふたりおなじ星座を紡《つむ》いでいるといいなあなんて、センチメンタルにかのじょの不在をおもうのとおなじ時間で、冬実はぼくの友人とあたたかなきもちを交換していて、そんなことがままありうる世界なんだってこと。

「そうだったんだ……」

手のひらに付いた、石と砂の中間のおおきさの物質を払った。ぼくは恥ずかしい。

冬実はぼくの手首を摑《つか》んだ。手のひらからきもちをつたえようという作戦か？

ぼくは彼女の肩にもたれた。彼女はいやがらなかった。手を背中にまわした。しかしキスをしかけようとした瞬間、もう拒《こば》まれているのがわかった。まだ顔は一ミリも動かしていなかったのに。

岩場の三度目に挑戦した。今度はうまく腰かけられた。視界がたかくなったので、ぼくにひとかけらの勇気がきざした。

「もうぼくのことは、すきじゃない？」

すると冬実は月光を浴びてかがやき、うっすらかなしげにほほえみながら「すきじゃない」といって、ぼくの胸を押した。

ぐ、っとつよく押した。

「もう、すきじゃないの、きみのこと」

一瞬はもちこたえられるとおもった。しかし、ぼくは背後に引っ張られる感じで、海におちた。

　季節は真冬ではなかったといえ、海水はものすごくつめたかった。陸のちかさを考慮にいれてはいただろうけど、たびたび死を覚悟した。

　視界のすべては真黒い。波の音とその打ち寄せだけが黒くないものだった。パニックもひととおりゆきすぎて、ぷかりただよう、浮力に立って束の間うえをむくと、月がみえる。しかし月光はとても味方とおもえない。ぼくの目のなか以外のなにも照らさない。闇のほうが役だった。より黒いほうへがぶがぶ泳いでゆくと、尖ったなにかがみえる。でかい。なんだろう？　とかく海よりも夜がふかくてなにもみえないのだから、よりみえないほうへみえないほうへ泳ぐほかなかった。バックパックを腹側にまわして、ビート板代わりにし、ひたすらにバタ足。すると手にあたるものがある。海草かなにかかと腕を海面に叩きつけるが、いつまでもふりはらえない。二、三度動作をくり返してようやくそれが、人工的物質なのだとわかった。縄だった。夢中でさわった。ひとの手の入ったぬくもり、そのたよりある張りを慮《おもんぱか》るに、縄は大地に繋がるなにかに結ばれているのがわかる。結び目を探るように辿ってゆくと、ぼくがさっきまで無為に追っていた黒い尖《とが》りに繋がっていた。それは船なのだとわかった。釣り船だった。ぼくは宙に浮いていた。必死に縄にしがみついて登り、目下に海面が揺れている。みえていないのに海面の存在感だけをさわれるようになっていた。片手を釣り船の木においた。ぐいっとからだを持ちあげる。世界にじぶんを放り投げるような感覚だ。地上に足場は頼りないが、引力がことのほかうれしい。垂れる滴《しずく》の圧倒的おもさが、じぶんのからだの外枠を象《かたど》るような、生の手応えとなった。

ぼくはびしょびしょで、凍《こご》えていた。くちびるを半開きに歯を鳴らし、両腕でじぶんのからだを抱きながら、あたまのなかで冬実のことを考えた。死の概念が去ったあとでは冬実だけがあたたかだった。「ちょっと！　どうしてくれるんだよ⁉」と冬実にいうことだけをたよりに生きていた。

ぼくはおとされた地点に戻った。

そこに冬実はいなかった。どこにもいなかった。

ぼくはふるえるというより、寒気が酷くて、しぜん足踏みしてしまうほど、おおきく揺れている肉体をもてあました。したをみた。十数分前に自分がおちた海面をみた。ざぶざぶと波だけが黒く目にうつった。波うつ音だけが目にみえるようで、おだやかな部分はくらくてみえなかった――。

どういうわけかスマホが生きていた。

ウォータープルーフにしても、つよすぎる。近隣のホテルをさがした。「ちょっとふざけて、海におちちゃいまして……」といった。フロントはつめたく、びしょびしょの紙幣《しへい》を摘まんでうけとり、意に介さずキーをくれた。一泊した。服を干した。リュックを干した。レポート類の詰めこまれたUSBは死んだ。ながく風呂にはいり、余熱をあじわいつつ寝た。からだがあたたまるだけで、至上の幸福かとおもわれた。

おれ、ふられたのに。

翌日には、服は乾いていた。においを嗅いだ。磯《いそ》くさかった。汗のにおいもした。磯のにおいとかぎわけることにより、自分の汗のにおいをはじめてしった。

照雪の斜めがけかばんが、肩のあたりで跳ねて、揺れて、照雪のからだとのあいだにつくられる隙間から光が射し込んだ。

「お前……」

口にだした瞬間、照雪はなにごとかを悟って、「すまん」といった。

「……なにに たいして?」

「わからんけど……」

照雪は、内心ではうしろ暗いだろうに、ぼくの記憶のなかではこのとき、過去いちばんに澄んだ目をしている。

「……あいつと寝た?」

「……てない、寝てないけど……」

ぼくたちは、どうしてか冬実の名前をださなかった。ぼくも照雪も、すべてを了解していたわけではなかった。お互いに足りない情報は多いはずだった。ぼくが冬実とはなしたこと、ぼくと冬実がはなした照雪のこと、照雪が冬実とあたためたきもちのこと、照雪が冬実にはなしたぼくのこと、冬実が照雪にはなしたぼくのこと、足りないピースは膨大《ぼうだい》なのに、ぼくらは茫然《ぼうぜん》としていて、なにもかもあいまいで、その心境だけで共有意識がうまれて、ふたりとしてはすべてを了解していた。

「すまん！」

照雪は夕方の川べりで土下座した。

季節外れの短パンから伸びたひざに、石がめりこんで、ぼくのほうがおもわず「いたっ」といったのだった。

「おれ、彼女のことが、すきだ」

「そうなの？」

「そうだ」

ぼくは、心ではわかっていたのだけど、腑《ふ》におちないマグマがからだに溜まって、「どういうつもりで？」ときいた。

「どういう……？」

「ぼくの彼女だからって、欲情した？」

「……」

「友情って、なに？　おれら、親友？」

「おれはそうおもってる」

照雪は、跪《ひざまず》いたままで、したをむき、いっていた。実際には表情がみえなかったので、声だけをきいた。

声だけでは、なにもわからないのが親友なのかもしれない。ふだんは顔をみれば何をいいたいのかかんたんにわかっていたから、そこにある表情をみないことにはことばをきいてもなにもわからなくなっていた。

「顔あげて、というか、たって」

照雪はたった。

「岳文とは大学にはいってからしりあったけど、ほら、おたがい野球がすきだってのもあって、あ、おれはみるだけだけど、こんなこといままでいったことなかったとおもうけど、おれは、親友だとおもってる、でも、冬実はおまえにはついていけないかもって、そういってたんだ」

ぼくは、それをきいてもどこか長閑《のどか》なきもちだったけど、皮膚のぜんぶは火照《ほて》っている。怒りとかなしみ、相反するおかしな熱が胴のなかで渦巻いた。

「じゃあ、だからって、親友の彼女を寝とった？」

「……とってない、とってないけど、まだ」

「まだ？」

「あ……。でももう、すきだ。すきはすきだ」

ストーリーを遡った。三ヶ月ぐらい前のこと。野球場にむかうまえに駅で待ちあわせて、冬実を紹介した。「こいつ、照雪」。そこに冬実がいた。「こんにちは。照雪くん、きょうはよろしくね」。ふたりは見つめあっていた？　わからない。

「どうしても」

と照雪はいった。

「え？　なんて？」

「どうしても、すきだ、彼女のこと」

いつから？　なにがどうなって？　あらゆる疑問につかれていた。もう、なにをしっても戻ってこない。海にまでおとされて。

冬実と照雪が出あわない世界に興味はもてなかった。ふたりを会わせていなければ……なんていうありふれた「後悔」には、まったく心が及ばない。

目の前の照雪にある種のノスタルジーはあった。仲がよかったからだ。言語よりは非言語、意識よりは無意識で会話していると信じているぼくらの、拭《ぬぐ》いがたいノスタルジーがここにある。

「わかった」

ぼくは、つぶやくだに背をむけてあるきだした。照雪はついてきた。

どうすればよかっただろう？

いまだによくわからない。

少年漫画てき世界だったら、こういうばあい、本来ぶん殴り、絶交、ピンチを助けられ、のちに熱く仲直り、少女漫画てきにはあの子はお前には渡さない、末ながくつづく三角関係、お前はどっちをえらぶんだ？　そんな、決められないよ、どうして、わたしなんかのためにふたりが争うの……？　物語の世界では見慣れた関係性も、現実のぼくはじぶんの「真意」や「感覚」、「ほんとのきもち」こそがわからなかった。

あとは帰り道の沈黙だけおぼえていて、他はなにもおもいだせない。友情とか親友ということばの定義が人生いちばんわからなくて、照雪の研ぎ澄まされた好意だけわかってしまった、あの日のこと。

2

インドの北部を東へ約八百キロ横断する夜行列車の旅中。照雪は三階建ての寝台の最上階で寝ている。ベッドは硬く、病院の診察台《しんさつだい》をおもわせた。ぼくは眠れず、ヘッドフォンで音楽をききながら田舎でも都会でも自然でもない名づけえぬ夜の景色をボンヤリみていた。国土としかいいようがない、だれの目にもとまらない風景が、えんえんつづく。ただ土がのびゆくだけの、だれの権利にも記憶にも所有されていない風景だ。

意識がここまでの旅中を、そう意志するようでもなく遡る。物売りには冷徹《れいてつ》な照雪。「要《い》らん、去れ、消えろ」をくり返すようすは、就活を見据え「愛され大学生」への道をあゆみはじめた最近のかれにはみられない態度だった。裸足でぺたぺたあるいたタージマハル。城のうえからみたアグラの街並みに、シティ化の予定をえんえん延ばされ、いつまでもよごれたままでいるべき宿命めいた、この国のエネルギーが舞いあがるのをみた。足の裏がすごくあつい。空気のつめたい場所は、ドアマンが外国人旅行者を恭《うやうや》しく迎えてくれるマクドナルドぐらいだった。あとはどこへいっても熱で景色が歪んでいる。タージマハルやインド門などのある観光地からガンジス川に程近いバラナシへむかう列車内では、乗客のひとりも食事していないのにどことなく香辛料てきなにおいがしていて、耐えがたいほどではない夜の熱が体表にまとわりついていた。いっこうに眠気がやってこなかった。ぼくはすこしでもきもちを平常に保とうと、ヘッドフォンからながれてくる音楽に意識を集めた。他の乗客はとうに眠っている。

インドへきた。

スパイスが利き、おなじ熱風でも沖縄で感じるものとはずいぶんちがう、南アジアの風の実存に感動する、そんな段階は疾《と》うに醒《さ》め、ただただここでなにかをみつけたいというきもちが空転していた。なにかをみつけたいじぶんこそを捨てたいのに。

ぼくはぼくの「我《が》」を削り、それでもそこにある自分をみてみたかった。西洋と東洋の歴史のあいまに翻弄《ほんろう》されつづけ、そのじつある見方においては翻弄する側であったかもしれないこの地に息づき、まだまだねむっているかもしれない渦巻くなにか。それすらぼくの拵《こしら》えた虚像《きょぞう》にすぎないものだろうか？　いずれにせよなんらかの真相がこれからむかうバラナシからガヤへの旅程で、あらわになる。ぼくはそう信じていた。

旅のはじまりは散々だった。

空港には夕方に着いた。とりあえず現地の旅行代理店に頼んでいた初日の宿に車で送迎してもらい、チェックイン。ホテルのひとに教えてもらったスーパーで食べ物や酒を買って飲んで食べてその日はすぐ寝た。翌日代理店に寄り、「いまからとりあえずバラナシ行きの電車の切符をかいにいく」と告げると、「いや、コッチでやってあげるけど。外国人にはいろいろ面倒なことが多くって」とオーナーがいった。

ぼくと照雪は、デスクに背中をむけゴニョゴニョ相談した。オーナーは事務所でゆいいつしっかり日本語のはなせる人物だ。任せればすんなりいくのはそのとおりなのだろうが、折角インドまできたのだし、取り急ぎ自分たちのフロンティアスピリットを発揮したかった。

「いや、とりあえず自分たちで」

と告げると、オーナーはうすら笑い、「そうですか」。堪能《たんのう》であればあるほど、母国語特有の「インギンブレイ」めいたことばの裏が否応《いやおう》なしに鼻につく。

「それなら、駅のちょっと先を進んだ階段をあがったところに外国人専用窓口があるから、そこへ行ってください」

と教えられ、インド二日めの照雪とぼくは、地球の歩き方を片手に、ニューデリーの駅の構内をさまよった。中央の巨大駐車場に有機的かつ自由な角度で大量の自動車とリキシャがとまり、その周囲でインド人がウヨウヨ動いている。駅舎は横長にひろく窓が多くて巨大病院をおもわせるが、土ぼこりで全貌《ぜんぼう》が捉えきれない。

「コッチかな？」

「いや、あっちだろう」

「ひとがおおくて……ノーノー、ノーセンキューノーノー」

照雪が口笛を吹くように物売りを追い払っている。

「ああ、あれかな」

窓口をみつけるまでに、すでに五十人以上のインド人にはなしかけられている。かれらのいっている内容は似たようなもので、「めっちゃいい観光プランを紹介するし。めっちゃ安い。二千ルピーポッキリでどこまでも。バラナシもタージマハルもコルカタも」という感じ。ニューデリーの駅構内は蒸し暑く、蜃気楼《しんきろう》めいた熱気で視界とこちらの意識の双方ともを鈍らされ、どのインド人もおなじにみえるからシャツの色でみわけるしかない。ようやく「外国人専用窓口」とかかれた看板をみつけると、「きをつけろ！　そっちは悪徳業者だ」といわれ強引に構内に連れ戻される。それはおまえたちだろう。われわれ無名の日本人の周囲にひとだかりができはじめた。発汗がひどい。そのうち、日本では滅多《めった》に味わえないほどの喉の渇きをおぼえはじめたぼくは、「ちょい、水買いに戻ろうぜ」と照雪にいった。

照雪は、かっとぼくを睨《にら》んだ。

「状況を考えろ！　いまこのひとだかりを戻るぐらいなら脱水で倒れてしまえ」

「殺伐《さつばつ》とすんなよ」

「おまえはまじで空気をよめ」

しかしぼくは渇きに負けてインド人をかきわけかきわけ、屋台のある大通り向こうまで戻って、水を買った。生き返る。と束の間フレッシュになった瞬間。インド人に腹を殴られた。

ひどいダメージはなかったものの、タイミングが悪かったぼくは水をプーッと吹き出し、殴った当のインド人にかかった。そうしてさらにインド人は激昂《げっこう》。そして照雪も怒った。

「おい！　なにをした！　殴っただろう？　いま、おまえ」

インド人に詰め寄る照雪。インド人は訳のわからないことをいっている。べつのインド人に宥《なだ》められている。紫のシャツが青色のシャツにおさえこまれている。そのよこから、「あいつらは悪徳業者だ！　その点、おれが紹介する業者はマジで正統派」という亜麻色《あまいろ》シャツのインド人。

「なんなんだ、おまえら！」

照雪の日本ではありえない憤怒《ふんぬ》。

「おい、だいじょうぶか？」

照雪がぼくのダメージをはかると、「や、痛みはない。インド人やべえな」とぼくは正直に応《こた》えた。

するとなぜだか照雪の激怒はぼくにむいた。

「のたれ死ね！」

そうして、照雪は喧騒《けんそう》に消え、音信不通になった。なにか甘いものが欲しくなったぼくはとりあえず熱いチャイをのみ、屋台を冷やかして物売りや物乞いとはなしつつ、なにも買わずに日本から持ち込んだミルキーを配っているだけで三時間たってしまい、代理店に戻ると照雪がいて、「さっきはゴメン」と謝ってきた。しかし、謝るのがかれの本意でないことはわかっていたし、合理的にことを進めるためだけの謝意だとわかっていたから、ぼくは謝らなかった。それで照雪はさらにイライラした模様だった。殴られた箇所は微《かす》かな名残がそこにあるだけで、それは痛みではなく、他人の拳《こぶし》が攻撃性のかたまりとなって襲われたはじめての経験にある異物感だった。あったはずのダメージのない皮膚は服のした、居心地のわるい存在感を却ってつよめている。

「災難だったね……」

オーナーの日本語が堪能すぎて、それみたこととか、としかきこえなかった。照雪はべつのガイドに日本語を教えていた。ただしくは、しつこく日本語ドリルの正解をきかれて、たどたどしい英語でめんどくさそうに解説しているだけだった。ずっとそうやって時間を潰していたのだろう。

「外国人専用窓口の場所はわかったでしょ？　二度手間かもしれないけど、荷物とガイドブックをここに置いていって、さっと切符を買ったらさっと戻ってきな」

とオーナーにアドバイスされ、ぼくと照雪はできるだけ和《なご》やかに、旅なれたアジア人を装ってニューデリーの駅構内を再チャレンジすると、なんとひとりのインド人にも絡まれることなく、外国人専用窓口に辿り着いた。けっきょく、おおきな荷物と地球の歩き方がカモの目印らしい。しかし殴られた理由はいまだにわからない。

「なんで殴られたのかなあ……」

バラナシ行きの三等列車のチケットをベルト穴に通しズボンの内側に隠したパスポート入れに仕舞い込んでいると、「それはわからんけど、殴りたいきもちはわかる気がする」と照雪はいった。

記憶を整理すると、ようやく時系列がととのい、だいぶ非日常に日常を挿入するような、旅の味わいを感じるよゆうがあらわれた。しかしここから訪れるバラナシへの思慕《しぼ》がたかまり、相かわらずうまく寝つけない。

すると目の前に空いている寝台に、三階から女のこがおりてきた。ぼくはヘッドフォンをしたままちらりとみる。アジア系だが、どことなく欧米の趣《おもむき》も混ざっている。ここではときどき欧米人とアジア人の区別があいまいになる。だれしも日焼けしていて、彫りのふかさでしか人種を判断できないし、熱にふやけた景色がその判断をも鈍らせるからだ。ゴージャスでもキュートでもないが、素朴で親しみを感じる顔だちだった。恥じらいもなく巨大なあくびをしている。ペリカンみたいにおおきな口だ。そのあとで、ぼくをみてなにか口をパクパクしている。

ぼくはヘッドフォンを外した。耳のあたりにこもっていた熱が散逸《さんいつ》してフワフワした。

ハロー。

そして女のこは英語で、「起きちゃった、へんな時間から、寝てしまったせいで」というようなことをいっていた。

ぼくらは、たどたどしいことばであいさつしあった。

「名前はセリナ」

「岳文。日本から」

「香港からきた」

「友だちときてる」

「わたしも」

「けど大体別行動してる」

「わたしも！」

セリナはにっこり。笑うとポワッとあかるくて、景色の明度がわずか増すようだった。

「近いね。わたしたちの、状況」

とセリナはいい、ぼくはウンウンとまぬけに頷《うなず》きつづけていた。

「ヘッドフォンかりていい？」

と、セリナにいわれ、ぼくは一瞬、ためらった。

盗まれやしないだろうか？

しかし、セリナはもう一度ペリカンの口であけすけなあくびをした。

「うん」

ぼくはヘッドフォンをわたした。

「ありがとー」

セリナはじぶんのスマホにぼくのヘッドフォンをさした。なにをきいてるんだろう？　セリナはごろんと横になって、目を閉じた。ぼくはあいかわらず眠れそうにない。

「眠れないの？」

セリナはぼくの目をのぞきこんだ。うん、と応えると目が合うのが恥ずかしくて窓外を斜めみる。

「あなたの目、空がうつってる。ながれ星」

え？

ぼくはセリナをみた。星をみたすぐあとにのぞいたセリナの黒い瞳のふちは、滲《にじ》んで白目と溶けあってる。夜の闇に馴《な》じまない、黒い星が……

セリナはにっこりほほえみ、手を伸ばしてきた。

セリナのちいさな手のひらが中空でふらふら泳いでいる。

冬実のことをおもいだした。あれからもう、半年以上もたった。いつもよみかえしてしまう、冬実とわかれたあとに分量のふえた過去日記の文字群。ぼくのほんとうの人生は、日記のなかで回想するためにある、それでいいとおもっていた。

ぼくはなにを考えるでもなく、すこし身を乗りだしてセリナのちいさな手をにぎった。やわらかい。さらさらしていて、あたたかい。さしむかいに横になった。きもちがゆるんでいった。セリナが指をからませる。ぼくはにぎにぎ握りかえしたり、手のひらを圧《お》したり擦《こす》ったりした。手首あたりまで絡ませて、皮膚の感触に安堵《あんど》した。ほどなくしてぼくは眠りにおちた。セリナが眠気をわけてくれたきがしていた。そのさかい目で、眠りを与えてくれたセリナのことを、なんだかぼくは、すごく、すごく……

……目がさめると、手ははなれていて、朝陽がすさまじくまぶしかった。車内そのものがひかっているのではとおもうほどにかがやいていて、かわいい制服を着たインド人がなにかを叫んでいた。ぼーっとしたあたまでしばらく窓の外をみると、インド人がいっているのが「チャーイ！　チャーイ！」であることがわかった。チャイを売っているのだ。どろどろと甘い、しかし寝起きにのむと血糖値が急上昇してスッキリ目がさめる。

夢のなかのようだった昨夜のことは、セリナの寝顔をみて現実だったのだとわかった。まだぼくのヘッドフォンをしたまま寝入っている。照雪もまだねむっているようで、おりてこない。時計をみる。三時間しかねむっていなかった。

セリナの寝顔は、朝陽のなかでとても輝いてみえた。めざめたセリナが他人の顔でぼくをみたら、ぼくももう一度他人の顔でそれをみなきゃいけない。このこには朝のひかりがよく似あうとおもった。ぼくはそうじゃない。なにもかも夜闇に紛れこませて、あいまいな部分をあいまいにしていないと、平静でいられない生来の疢《やま》しさがどこかにある。

ぼくはiPhoneをポチポチおして、メモリに日記を書きつけた。そうしないと、どうにかなってしまいそうだった。同時に、クラウド上に保存しておいた過去の日記にアクセスして、すこしずつよみかえしてみた。表現がおぼつかないとおもえる箇所は書きなおしをしたりした。頭が冴《さ》えているのにうっくつしているときは、日記の書きなおしをするにかぎる。どういうわけかすごく熱中してしまい、あっという間に時間が経ってしまうのだ。そのなかでぼくは、過去に意識を預け、もう一度ぼくを語り直す。研《と》ぎ澄まされた「我」は、いつだっていまよりもすこし過去の自分に求めてしまう。

程なくして目ざめたセリナと、目があった。

ぼくはぎこちなく、ほほえんだ。セリナは、しばらくまどろんだあと、横になったまま、ぱちぱちまばたきをくりかえした。そうして、にっこりほほえんだ。ヘッドフォンをしたまま、周囲の音のなにもきこえないまま、手を伸ばした。昨夜とまったくおなじように。手を繋いだ。

しかしぼくには、まるではじめてのことみたいに感じられた。

ぼくは泣きそうになりながら手を握ってはひらき、握ってはひらきした。口をパクパク動かした。つたえたいことがあった。セリナはヘッドフォンを外した。首にヘッドフォンをかけたまま横たわっているセリナを、ぼくはこのうえなくかわいいとおもった。

「チャイ、のみませんか？」

ぼくはたどたどしくいった。セリナはほほえみ、「イエス」といった。

まったりと永遠につづくとおもわれたセリナとのチャイの時間は、斜め上方の寝台でめざめた照雪の存在で破られた。ぼくは束の間旅のほんらいの同行者を忘れていた。

セリナの寝台にうつっていたぼくは、起きてきた照雪に、「わるい、バラナシから別行動で、いけない？　ごめんな。このこといっしょにおれ、しばらく行動したい」と告げた。照雪は寝起きの目をまじまじとみひらいたあと、いかがわしい、あやしい顔をいっしゅんしてみせ、向かいに座っているセリナと目をあわせた。

「おはよう、はじめまして」

「はじめまして、おはよう」

にこやかさの欠片《かけら》もなく、ふたりは会話をはじめた。

「あなたはこの〝なにもない〟男のこのことがすきなの？」

とふたこと目に照雪はいった。

ぼくは、は？とおもった。きき間違えだろうか？　しかしどうやらそうではない。反響する耳のなかで、照雪のこえできいた「ナッシング」はあきらかだった。親友にそんなふうに、おもわれてただなんて……。しかし照雪は訝《いぶか》しげに首を傾《かし》げているセリナに、再度こうきいた。

「あなたはこの〝どうという特徴もない〟男のこのことがすきなの？」

ぼくは、再度、は？とおもった。照雪をみた。真剣な顔をしている。誠実にセリナにものをたずねているのであって、ぼくのことは一切みない。

「ああ！」

セリナの表情は、我《わ》が意《い》をえたりというふうにかがやいた。

「あなたのいっている意味が、わかりました。たしかにかれには、これといった点はない。ハンサムではない」

ぼくは三度目に、は？とおもった。ふたりはこのとき、真剣に、誠実に対話をするあまり、ぼくのことを置き去りにしている、と気づいた。

「でも、この男のこにはなにかある」

セリナはおおきな口を三日月にして、表情いっぱいにわらった。

「なにか?」

サムシング。日本語でなんていったらいいか、よくわからないのだけど……、といい、セリナはスマートフォンをコチコチ弄《いじ》くる。ながい髪をかきあげて。その官能的な検索にうっとりしているぼくは、いまだに無視されつづけている。しかしその放置はむしろ心地よかった。セリナが必死に翻訳したスマートフォンの画面には、「霊性」と表示されていた。


バラナシの駅舎は横にながく、その壮大《そうだい》がホワイトキャッスルの白い城めいた遊園地のアトラクションをおもわせる。照雪は「じゃあな、ガヤにいくようならまた連絡くれ」といい残して去っていった。セリナも電話で友だちに別行動を告げていた。

電話で友だちとはなしているセリナのことばは流暢《りゅうちょう》な英語で、ぼくにはそばにいてもなにをいっているのかまったくわからなかった。バーイと五度ほどいっていた。

手を繋いでおなじトゥクトゥク（三輪バイク）にのっているとき、とつぜんみしらぬインド人が飛び乗ってきて、「やあ」という。インドのトゥクトゥクは口を閉じてられないぐらいの高速で走るものなので、飛び乗りじたい曲芸じみた職人技である。

セリナは、とつぜん同乗してきたインド人にむかい、マニュアル的に「いけ、去れ」という対応をとった。

「結婚してる？」

インド人はふたこと目には結婚してるか、ガールフレンドはいるのかときいてくる。

「してないよ」

とぼくが応えると、ふしぎにセリナの態度はやわらかくなり、ぼくにむかってほほえんだ。インド人は、「絨毯《じゅうたん》に興味ないか？　本物のだぞ」といった。日本語と英語が混ざっていて、セリナには意味がわからないだろう。

「ない」

「日本人？」

いまさらのようなことを、インド人はきく。

「どうだろう」

「じゃあ紅茶がすきだろう？」

「いや」

「カノジョ美人ねー」

「うん」

「そんなの関係ねー、そんなの関係ねー」

「アハハ」

嚙《か》み合わない。乗り込んできたときとまったくおなじように唐突に、インド人は転げおちるようにトゥクトゥクを降りた。

しばらく沈黙したのちに、

「たけふみは神秘的だね」

と、とつぜんセリナはいった。

「なんで?」

ほほえんでいる。

ぼくの心がチクッとする。なにかをおもいだしそうだ。セリナのながい黒髪が、トゥクトゥクの車体をはみだしてインドの風を自在に泳いでいた。繋いだ手はずっと離れない。


ぼくらは念願のガンジスを拝んだ。

汚ならしい水に昼の太陽がギラギラ反射し、鏡みたいにひかっていた。土産を売るひと。沐浴《もくよく》をするひと。コーラを売るひと。ガイドを強要するひと。

「いい風景だね」

「いい風景だね」

などといいあい、ことばすくなに目をぱちぱち合わせあった。ガンガー沿いではそこここで火葬が行われており、子ども、妊婦、事故死者、蛇に嚙まれて死んだ者、などは燃やすことなく川に放るといわれ、それ以外を燃やしてながす。ほとりではひしめきあうようにひとびとがからだを清めている。

「たけふみは、死んだらここにながしてほしいとおもう？」

「うーん……」

ぼくは長考した。目の前ではインド人が全裸《ぜんら》。

「おもわないかも」

「わたしも！」

セリナは破顔した。

ぼくは、よくセリナは待っててくれたな、とよろこんだ。長考のさなか待っていてくれた、それはとても稀有《けう》で愛らしい。ぼくも待ちたい。なにを？　なにかを。だれかの気がすむまで、とことん考えさせてあげたい。

「ずうっとインド哲学を学んで、きがついたらここにきた、わたしは意識なくインドと繋がってた。わたしにとってインドという地と自分は限りなく重複していて、実際にガンジスを訪れたときには、どんな感情になるのか想像もできなかった。でも、ここへきてはじめておもった。死んでもながされたくはない。いますごくしあわせ」

「どうしてだろうね」

「どうしてだろうね」

ふふふとぼくらは、笑いあった。

そうして日がな一日ガンジスを眺めふたりボンヤリした。たどたどしい英語につかれて、ほとんど会話は交わさなかった。ちょっと休んだら、今夜泊まるゲストハウスを探しにいこう。女のこといっしょなのだから、今夜ぐらいは冷房つきの部屋に泊まりたい。つめたいシャワーをふたりで浴びたい。

水面が赤く染まっていった。じょじょにひとが減ってゆき、川だけがかわらずながれる。


できるとおもっていた。

しかしはじめての異国の地で、異国の肌、異国の女性性をまの当たりにし、ぼくは縮みあがった。

闇がしいんとたゆたった。

「ごめん……」

といっていいのだろうか？　それすら判断できなかった。そもそも、謝ることなのだろうか。しかし現にぼくは恥ずかしいし、情けないよ。セリナはふっくらしたお腹にぼくの頭を抱いて、頭を撫でてくれた。ずっと「ごめん」を保留にしたまま、セリナの臍《へそ》をじっとみる。

「いいのよ、いいの」

なにがいいの？　それすらきけないぼくは、全裸を月の光にさらして深刻にだまった。

「わたしは男らしいよりやさしいを優先する。そりゃときどきは、男らしいの本能がほしいときもある。わたしも女らしいの本能を欲する。だけど、わたしの個性としてわたしは、男女の男らしさ、女らしさの本能より、人間としてのやさしいを優先する。いいのよ。いいの。目を閉じてねむっていて、ずっと手を繋いでてあげるから」

寝台列車のなか、手を伸ばしてくれたときのように、体温だけがつたわった。あたまがセリナのまるい腹にくっきりおさまる。

ぼくには黙るしかできない……

「耳かして」

「耳?」

セリナはぼくの耳たぶをかみ、「子どものころ、よく停電があって、暗闇がこわい子どもだったの、わたし、そういうとき、おばあちゃんがよく、こうしてくれた、悪魔をよせつけない、おまじないなんだよって、それで、ようやくねむれるの」といった。

セリナはぼくの耳をはみながら、にっこりした。

「ふ、ふふふ……」

感情に従属しない笑いがこみあげた。眠りにおちる直前まで、うわずるくちびるで、何度も約束をつぶやいて、「あした、あさ、ガンジスの日の出をみにいこうね、ぜったいに……」いつしか意識が、低空を這《は》うようにしずまっていき…

…夜行列車のなかであまりねむれなかったせいか、ぼくはふかい眠りをむさぼった。冷房はけっきょく点けなかった。天井でまわる巨大なファンだけで、充分すずしかった。翌朝ぼくらは、四時に起きた。手をつないで、ホテルのロビーにおりる。そこで、予想外のことがおきた。玄関が閉まっていた。

「どうしよう……」

ぼくは日本語でつぶやいた。それまでは饒舌《じょうぜつ》だったセリナは、なぜかうっすらほほえみをたたえながら、黙りこくっていた。なにか完璧に満たされている、という感じの顔だった。

しばらく戸惑っていると、ほとんど瓦礫《がれき》のなかで、眠っているインド人がいる。ホテルの関係者だろうか？　関係者だろうがなかろうが、かれを起こす以外すぐにとれる行動はない。

「ちょっと！　ガンジスに行きたいんだけど！」

こんどは英語でいい、ぐらぐら揺らした。肉の多いインド人はリズミカルに揺れた。骨格に一瞬遅れて、肉がだぶだぶ揺れた。何度めかの呼びかけに、インド人は、

「行けば」というようなことをいった。

「だから！　閉まってる。玄関」

インド人はしぶしぶ起きて、玄関をあけてくれた。

「行け」

とインド人はいった。

やった！　ぼくは旅の関門を突破した気分で昂揚《こうよう》した。セリナも日本語で「スゴイ！」といって腕にからみついた。どうってことない成果をよろこびあうことでぼくらは絆《きずな》を結んでいる。

ガンジスにむかう道中では、牛が大勢横たわっていた。セリナと手を繋いだまま、わずかな地面をえらぶようによけてあるく。ねむっているというより、倒れているようにみえるかれらは、夜には猛スピードで駆けている。しかし、バラナシの夜は妙に視界が拓けていて、とおくから駆けてくる牛をよくみわけることができた。轢《ひ》かれて死ぬひともいるにはいるらしい。神さまに轢かれ、束の間にはあの世を幻視するだろうか？　尻のあたりで、蠅《はえ》がけたたましく羽ばたいている。昼間にはくるくる回りつづける尻尾《しっぽ》も、明けがたにはわずかに揺れ動くのみだ。

ボート乗りにセリナは強気の交渉をした。今度はわたしの番とでもいう感じで。引き際がすばらしい。日本円でたったの二十円の違いで、セリナは「あ、そ、じゃあいい」と背中をむけてしまうのだ。そこに日本語の語彙《ごい》における「けち」と「気風《きっぷ》がいい」などに挟まれた戸惑いはない。セリナはただそうするべきとおもって行動しているのであって、お金の価値すら考慮にいれていない。ただセリナじしんがただしいとする行動を、思考を挟む間もなくとっているだけ。ぼくはセリナに全幅《ぜんぷく》の信頼と安心感をおぼえはじめていた。先ほどインド人を起こしたときには、頼ってくれた、というあまやかさがあった。いまはぼくがセリナを頼っている。こんなふうに人生がつづくといいと、とうとつにおもった。

ようやくボート漕《こ》ぎが捕まったころには、空がうっすら白みはじめていた。

「ナイスなタイミングね」

セリナは本気でいっているようだった。だいたいの観光客はもう出発している。日の出をみにでるタイミングとしてはちょっと遅い。でも、ぼくは笑った。ひきつづきどういうわけか、心からたのしい気分になっていた。

漕ぎ手は十代にのるかのらないかの少年だった。インド人のおじさんとなにやらゴチャゴチャはなしているあいだに、さらに出発が遅れた。しかしぼくは完璧に満足していた。セリナがいとしいとおもった。冬実のことをおもいだしそうになり、あわてて目の前をみた。セリナはそこにいる。出発すると、まだうすぐらいあたりの、とおくの街灯の反射に応じて、ぼくとセリナの姿が川面《かわも》にうつる。会話がおぼつかないから、手を繋いで沈黙している時間がながかった。けどきづまりではない。お互いの目をあわせる。ふたりとも、大胆に腕も脚も露出している、汗に濡れたこのぼくたちの肉体が、川面の濁りに揺れ映る。

それはことばの介在しないマンダラだ。ぼくらの将来、可能性、そこにすべてがある。

訳知り顔の少年に、もっとも賑々しい火葬場にボートをつけてもらい、一帯をおおう薪《まき》や枝、灰を踏みわけておそるおそる足裏で土をつかむ。おろされたおおきな火葬場では終日炎がたえることはない。旅行者のすくないコルカタ方面では比較的寛容だとの情報もあるが、このマニカルニカー・ガート付近では撮影は厳禁である。炎の隙間から覗く頭骨を見慣れ、赤い布や金糸のかざりに隠された遺体を見慣れ、人肉を焼くうすあまいにおいの煙を嗅《か》ぎ慣れ、日常と非日常をわけいりながら、ぼくらはしずかにあるく。猿も毛の隙間から灰を舞いあがらせ活発にキー。

寄ってきた親切そうなインド人に宗教の説明を丁重にうけたのちに、「皆さんからのお心で生活しているので、」お布施《ふせ》を頂戴《ちょうだい》したい、といわれたのをことわり、ボートに戻ると、少年が「金を払ったか?」ときくので「払わなかった」と応えるとかれはおもしろそうにわらった。少年は命令をうけている。しかし、命令主のおもいどおりにならなかったことをよろこんでいるようだった。笑うとものすごくかわいい。もしかしたら八歳とかそれぐらいなのかもしれない。

ぼくとセリナはずっと手を握っていた。ガンジスの向こう岸につく。そこはなにもない砂ばかりの土地だった。家もない、街もない、文明もない土地。不浄の地とされていて、だれも住まない。そこにはぼくら三人しかいなかった。少年は五分で戻ってこいという。なにもない。なにもないけど五分という持ち時間はある。セリナと一瞬わかれ、めいめいであるいた。そろそろ半分たったかな、とおもい引き返す。役割のない土地をあるくのはしかしどこか穏やかな心持ち。月面のよう。国土だけど、国土じゃない。これが大地のほんとうの力強さだ。

ボートでは少年とセリナがすでに待っていた。

「元の場所へ戻ろう」

と少年はいう。川の中央のあたりで、ぼくはボートのへりに腰かけ、「ねえ、セリナ、聞いてくれる？」とはなしだした。

セリナはまぶしげにぼくをみている。

すでに陽はのぼっている。そのときぼくははじめて認識したのだ、ガンジスにのぼりゆく真赤な丸い太陽が燃えるのを。セリナはのぼりゆく太陽にむかい「驚異的ね」といいすらしたのに、ぼくは自分じしんの運命に夢中できいていなかった。

「セリナ、ぼく、日本でずっとすきだったひとがいて、いや、もうとっくにふられたんだけど、ふゆみっていう、名前で、冬に、実るっていう意味で、でも、セリナ、ぼく、ようやくそのこのこと、忘れて、やっていけるのかもって、感謝してる、セリナのおかげで……」

そのあたりまでたどたどしい道筋でなんとかいったときに、ぼくはガンジスにおちた。冬実に押された、胸のあたりを、セリナにもつよく押されて。

ぼくは数メートルは跳んだ。からだはコの字の姿勢のまま、うしろにつよく引っ張られるように。

「神様!」

少年の声がおいかけた。

水面から顔をだす。随分ととおくまでながされていたらしく、遥かむこうでボート漕ぎの少年がおおきく手をふっているのがみえた。熱い。顔が。あと、くさい。水面が、すごくくさい。仰むけにうかぶ。空が映る。ものすごく青い。口から水を吐く。川と空が繋がっている。視界が逆さまで、両者を区別できない。空と水に溶け合う、じぶんのからだの内側で川と大気が混ざりあってゆく。感じのいい充溢を身にやどして、すわすわと陽光を吸収し、いつまでも浮いていたい青だった。

しばらくしてぼくは、臭気にたえつつ泳ぎはじめた。ボートは果しなくとおい。自力で少年のボートに復帰すると、セリナはいなかった。木が熱かった。ボートのへりである。ずぶ濡れたからだがジュワーと蒸発しそうだった。髪から垂れる水が黄土色に濁っているのを視認した。しかし視界はしょぼしょぼしている。ひどく目がいたかった。ガンジスの水にやられ、このあと三日間バラナシのゲストハウスから一歩もでられず、下痢《げり》と嘔吐《おうと》にくるしむことになるのだった。セリナ相手にたたなかったベッドで、ゴロゴロと転げながら、菌《きん》を吐きつづけた。

「あなたのガールフレンドは花売りのボートにむりやり移っていったよ」

と少年はいった。インド人に不似あいな同情と侮蔑《ぶべつ》の目をひからせていた。そうしてセリナとは二度とあわなかった。

ボートをおりてバラナシの街をあてどもなくさまようと、朝のひかりが昼のそれにうつろうところだった。カンカン照りに焼かれて、衣服は程なく乾くだろう。ぼくはコーラをかった。氷の浮いたクーラーボックスに何時間も沈められ、きわめて冷えている。

インド人はだれも奇異な目でぼくをみていなかった。川におちたことも、女のこにふられたことも、奇特《きとく》なこととはおもわれなかった。コーラをのんだあと、そこはかとない腹痛を感じながら、照雪に電話をかけた。でない。ぼくは照雪がでたときのための予行練習をした。

「ふられたよ。ふられた……。また女のこにふられたよ……」


「ふられたよ、おれ」

といったのがそもそものこの旅のはじまりだった。しかしそういったのはぼくではなく、照雪だった。

「冬実に？」

とたずねるぼく。頷く照雪。

ぼくも照雪も、おなじ女のこにふられて、おなじ目にうつった失恋したお互いをみつけあって、どうしたらいいのかわからず黙った。その日はふつうに授業をうけてかえったし、照雪の挙動にとくべつダークサイドにおちているような兆《きざ》しはみられなかったが、そこから照雪は引《ひ》き籠《こも》った。

ぼくとわかれて、まだ三ヶ月もたっていなかった。冬ちゃん。照雪もふってしまったんだね。ぼくはいまだに、そのことについてどうおもってよいかわからないまんまだ。

照雪はその日から数ヶ月、顔をみせなかった。携帯も繋がらない。どうするつもりも起きなかったから、ぼくは放っておいた。

その後、大学に復帰した照雪はあかるかった。拒絶していた野球同好会への誘いにも顔をだし、飲み会へいき、サラダをとりわけ、男の先輩のはなしは真剣なおももちできき、「もっとはやく、その話お聞きしたかったっす……！」、女のこのはなしはやわらかい表情できき、「そういうことってあるよね……！」、各々の苦手な食物をたずね、「唐揚げにレモン絞っていいですか！」、モツ鍋の火加減を調節し、「そっちお酒足りてる？」ゲロる女のこの首筋をおしぼりで冷やし、「終電だいじょうぶ？」。そのように「かわいく」なった照雪を、ぼくは内心ひややかに、だけどおもてむきは変わらず接していた。だれにでも共感し、だれにでも親身に接し、それでいてじぶんのペースは守る。正確には、「合わせているのに合わせていないふりをする」照雪はとくだん男前ではない。だがあるときから計算ずくの隙をまとって口角があがり、足どりはかるくなって、モテはじめた。からだのすみずみにまでリズムを充填《じゆうてん》させ、なんでもない道でもたのしそうにあるく人間が、いつだってモテる。


「おまえ、どうすんだよ」

と、ある日ぼくはいった。

照雪に冬実への好意を問いつめた、いつかのあの川原で、ぼくらは大学二年へとすすむ冬を越そうとしていた。濃紺のマフラーが照雪の顎鬚《あごひげ》を擦って、皮膚があかくなっていた。照雪は肌が弱い。

「まあ、単位もだいぶ戻せたし、ふつうに就活コースかなあ……お前は？」

と、照雪は応えた。

「じゃなくて」

その日、ぼくは毅然《きぜん》と照雪という人間を問い詰めんと、構えていた。

先輩に「アイツにはしあわせになってほしい」といわれ、ベンチャー志向の同級生に「いっしょに起業しない？」といわれ、女のこに「照雪くんが彼氏だったらよかったのに」といわれるたびに、かさついた笑顔を顔面にはりつけた照雪のほんとうを、その日に限ってしりたかった。

「冬ちゃんに、どうしてふられたって？」

もう、照雪が冬実にふられてから三ヶ月経っていた。いまさらもいまさらだけど、ぼくのほうにも準備が要った。彼女をとった親友が彼女にふられる。二度ふられたかのようなしんどさと、とらえどころのない傷みがぼくのコートの内側の皮膚をあたためた。

「そのことかよ」

夕陽が川面に反射し、照雪の顔が赤さにまみれてみえなくなった。

「わかった。おまえに話そう。うちにこい」

照雪の部屋はいつもどおりこぎれいにおしゃれで、モノと生活のバランスがとれており、とても居心地がいい。さんざ酒をのみ、照雪のつくる豚バラとキムチをごく少量の胡麻油でジュッと炒めただけのつまみを食べ尽くし、アイスまで食べて珈琲をのむ段になって、ようやく照雪は核心をついたのだった。

「おれたちは女になんか出会ってない。女なんてのは世界にない。でも女性性的反省はある。おれはみた。でも、それは一瞬だ。冬実は一瞬だけ、完璧におれの冬実だった。それはおまえに愛想を尽かした瞬間だ。その場におれがいた。ファミレスで恋愛相談をうけていたとき。とうとつに、『照雪くんのこと、すきになってみる』。その二ヶ月後、いわれた。『てるくんはやさしいけど、そうじゃないてるくんらしさもみせてほしい。もうやさしくしないで』。その一ヶ月後、『てるくん。バイバイしよう』。冬実は鏡だ。おれたちをうつす。そこには運動するかわいさと、さみしさの名残ばかり。欲望ばかり。なあ、空しいよ、おれは……。そのとおりなんだ。おれはこわいんだ、他人のことが、だから、つい相手のなかに自分をみつけて、委《ゆだ》ねてしまう。自分を他人に、預けてしまう。共感お化けを止《や》められない。おまえだけだ……。どうでもいいのはおまえだけ。けど、そのどうでもよさがおれには、最高にどうでもよくないわけだ。はあ。おまえが水におちるのをみた冬実の目に映るおれが、あまりにも凡庸《ぼんよう》で、こんな悩みかたも平凡も平凡、おれは苦悩すらつまんない男なんだ、なんだか、無性におれは、嫉妬《しっと》してしまう……」

そうして、照雪の淹《い》れた珈琲をのみながら、ぼくのなかの記憶もじくじく傷んだ。冬実にふられたあの日、照雪のやさしさに破れた気がした、そのやさしさに内実がないという。そんなのはずるい。

「ぼくだって、おまえのやさしさが、にくいよ、それなのに、あまえちゃうよ。でも、モテるって、そんなあじけない……」

モテる前にはやさしいといわれ、モテ終わるとつめたいといわれ、そのどちらにも照雪の真実はない。ほんとうには、ただただあたたかいだけのヤツなのに。でもそのように誤解させてるのはお前じしんだ。

「だから同情できない」

アルコールも切れかけて、野球の話も切れかけて、カフェインで醒ましたあたまでようやくたどり着いた本音の、どこまでも茫洋《ぼうよう》。

「インドいかない？」

と照雪はいった。とうとつな発案だった。

そもそも、たびたびインドへの憧《あこが》れを口にしていたのはぼくのほうだった。照雪はそのたび、「興味ない、あんなクレイジーかぶれの生ぬるいバックパッカーがいくようなとこ……」といっていたのだ。

「インド？」

「なあ、いこうぜいこうぜ、インド」

「まあ、いきたいなあ。やっぱ」

「いっちゃう？」

「うーん」

「就活前に卒業旅行の事前演習みたいにタイとかベトナムにいっちゃう、ブルジョア大学生みたいな波に、おれらものっかって、インドいっちゃう？」

「はあ。いこうかな、じゃあ」

「そうだそうだ。インドだインド」

といった照雪は珈琲カップをもったまま窓に近寄り、カーテンをしめるふりをしては、磨《す》りガラスに透けた満月を眺め、ぽろぽろ泣いていた。なぜ泣いたのかはわからない。だけど、皆が貫いたり守ったりしたがる「我」がいまの照雪にはもうないことが、ぼくにはわかった。それで急ピッチに格安航空券をとって、ビザを申請して、ぼくたちはインドへたったのだった。


セリナにふられた一週間後、ようやく胃腸の回復したぼくはガヤで照雪と合流した。

「いまでは、セリナという女が実在したことすら、あいまいだよ……」

ガヤの駅で、なにをするでもなくたちすくんで露店を眺め、リキシャを捕まえようと、待っていた。そろそろ値引き交渉に倦《う》んで、よほど理不尽な言い値でなければオーケーオーケーと乗せてもらう段階にはいっていた。

照雪はニヤニヤしていた。

「いたよ。みたよ。運命の恋！って具合に顔が火照《ほて》ったおまえ。久々に」

「そうでもなかったよ。そうでもなかった……」

「うそつけ。わたしは引きました。おまえの全能感にみちみちた表情に」

「……」

「きみは恋がへただなあ。なんだか運動神経のわるい恋愛だ」

しかし照雪はまったく意に介すようでなく、「でも、おまえはあきらめんなよ」

といった。

「冬実の存在も、セリナの存在も、ながしてしまえよ。おれはもう、悟る。捨てる、煩悩《ぼんのう》を、『運命の相手をさがす旅路への欲望』を！」

ようやくリキシャを捕まえて、「マハーボディへ」と告げる。その車中で、

「悟れん、ぼくには」

といった。照雪は「ハハッ」と声にだして笑い、「そのほうが、おまえっぽいわ」

と顔を外にだして口をおおきくあけ、風を吸い込んでいた。

「ジャリジャリする」

そのときの照雪の顔をして、ぼくはなぜ女のこをとられてまでも、コイツと友情めいたきもちの交換をつづけてきたのか、わかったきがした。おなじ女のこをすきになる。それは結果がそうで、しかし先だつからだのつくりの同一性があったのだとおもった。すきな女のこの心のなかに住みたかった。ある時期、照雪とぼくのそれはおなじ空間だった。すきな部屋だ。入りかたは違っても、出ていくときの顔はきっとおなじだ。綺麗に掃除しても、そのまま生活の痕《あと》をのこしても、表情が思い出をうつしている。その表情をかれにみつけると、ぼくは空っぽになる。

きこえるかきこえないかの領域で不意に耳を澄ますと、どこかとおくのほうで念《ねん》仏《ぶつ》を唱えるこえがした。さまざまな音に混ざってだが、しかし草木や虫や鳥のこえらとともにすべてはすっきりとききわけられていた。照雪は、「はあ、ずっとここにいたいな、そんなむりなことはわかってるけど、いろんなあきらめもふくめて、ずっとここにいたいなって、ずっとおまえにいっていたいなあ」といった。

菩《ぼ》提《だい》樹《じゅ》のあるガヤのマハーボディ寺院は、夜になるとライトアップされる。ぼくと照雪は散策に飽きたあと、近所の「和食料理屋」に半日停留した。そこで、なぜだかスパイスの利いた「オヤコドン」をたべ、コーラをのみ、きいたこともないメーカーのポテトチップスをたべ、ひたすら汗をかいて夜を待った。

　夜にもう一度、菩提樹の根元でぼくも立ったままかんたん瞑想し、おおくの信徒が虹色に照らしだされたマハーボディ寺院のそこここで、一心に念仏を唱えあげているのをきく。ひとりひとりも巨大なら、単純に二乗三乗されゆく類《たぐい》の声量じゃない。パーリ語の真言《しんごん》を主にチベットその他その他と混じり自然と混じり木霊《こだま》する念仏はからだとあたまの区切りを忘れさせ、忘我《ぼうが》が夜空にうつってゆき、ハッ、とじぶんにかえる。瞑想しているぶんには空に預けている、日記を書くぶんには言語領域に預けている、並行世界に自分を預けつづけている、意識不明をながれる時間をもぼくは生きている。恋をしているときは、心身を丸ごと相手に預けたかった。それは雑念だろうか？　しかし、それでもある「個」の核が、ぼくにはある。それがほんとに、厭《いと》わしい。いまは森羅万象のこえに身を委ねて、束の間思考を離れる。肉体に囚われては、間違えることをすら間違えるぼくらの、この人生はつづく。

3

あれから四年が経過していた。インドにいってから、ぼくは総勢五人のちいさな実用書出版社になんでもやる社員として就職し、それなりに苦難をくぐりぬけて生きていたけれど、ひとをすきになり、〝比喩《ひゆ》ではなく〟胸が熱くなってくるしくなるようなおもいはせずにいた。

主におもいだすのは冬実のことだ。入稿だ搬入《はんにゅう》だ販促だと慌ただしくなり、その怒濤《どとう》が去って書店に営業がてら出かけようかという段になってよくおもいだす。

冬実とのこと、冬実の実態、面とむかったときのすずやかに凜《りん》とする感覚、それらをひとつのこえとして、セリナの与えてくれた別個の感覚がまた他方のこえとなって、重なってゆく。現実にぼくは四年経った姿で季節を生きている。東京の夏の熱がインドの熱と溶けあって、つめたい木更津の海になげだされた感触も交差する。ガンジスの、ぬるく臭う川のながれも。

ぼくは走る。

書店につくと、汗だくになっている。クーラーで乾かされるまで店内を周回し、じぶんの編集した本が一冊棚にささっているのをみつける。はじめて商品としての姿をみる。しかし客観的にはみられない。そこだけひかってみえてしまう。ぼくの目がひからせているのだ。ぼくの目は濁《にご》っている。ぼくの記憶も濁るだろうか？おもいでが濁る危機感を、日々の生活で保ちつづけなければならない。店長にあいさつする。あいにく実用書担当が休憩中で、とのこと。注文書とポップをわたしてかえる。あとで電話をかけよう。

「あ、ハイ、ありがとうございます、じゃあ追加、二冊、ヒラぶんで……では……失礼いたします」

といい電話をきると、経理と社長と社長の父親（どういうわけか毎日いる）が内《ない》緒《しょ》ばなしをしている。数人が公の場で密談している場面を目撃すると、なんでも自分に関連づけて考えてしまうし、あきらかに関係のない場面でも傷つく（かもしれない）だれかのことを考えてつらくなる。それから約一時間、夜の時間をなにをするでもなくネットをみながらボンヤリしていると、すすすと社長の父親が背後にいて、「きみ、いまなんの本つくってるの？」ときかれた。

気配をかんじなかったのでぼくはからだがブルッとした。

「あ、すいません、いまはその、えっと、企画だしと著者からの返答待ちで、原稿依頼の」

ようするに、ひまということだった。

「あ、そう」

「えっと、ちょうど搬入がおわったとこで、『ミニマル男子のくらしかたろぐ』の……」

「ああ、あれきみがつくったの。四色の」

そう、カラー造本《ぞうほん》でけっきょく二千部しか刷《す》れなかったので、採算ラインが五割を超えている。社長父は仙人めいたおだやか老人で「若いんだから！　ガハハ」のようなタイプではない。それでわりにすかれているはずだけど、いまの発言は四色刷りへの嫌悪が滲《にじ》んでいた。

でも、一般人のＳＮＳをあたるだけではこと足らず、ミニマルな暮らしをしつつさらに体型もミニマルで、なおかつ清潔感のある若い男子を街にくり出して探しだしたのはほぼ自力だし、むろんかれら顔だしも部屋だしも家計簿だしも快諾《かいだく》してくれたモデルたちに謝礼もだせないし、ミニマル男子十八人への献本《けんぽん》作業は地味にたいへんで……。ふだんは校了いぜんのすべての記憶を抹消《まっしょう》する術をもつ編集者も、こういう対話の裏よみによってあらゆる苦難もよろこびもかんたんによみがえる。

「そう、ようするに来月は出版予定ないのね。それならいいや、ゆっくりでいいから、マイペースでね」

やさしい穏やかな手が、肩にポン。いい会社だ。なのにぼくの神経はきりきり傷む。

その夜、二十二時半に帰宅するなりつらくなり、般若心経《はんにゃしんぎょう》をスマホでながしつつ風呂をまっくらにしてぐずぐず泣いた。スマホが濡《ぬ》れないようバスタブに敷いたしろいタオルにわずか反射する画面のひかり以外は、じぶんの涙だけ色がついてにじむ世界だ。うすあまい涙の味。

週に一度はこういう日があった。つかれている。電車のなかで仕事外の本をよんでいても、まったくあたまにはいってこない。残業時間月百時間超！　でもなく、朝起きれないわけでもなく電車にのると吐き気がするわけでもなく元気なときはしぜんに元気なぼくはだれに相談するほどでもない精神不調を抱えている。これから先も情況がパッとあかるくなるとはおもえない。

明日の夜には、弟の彼女とあう予定がはいっていた。なんとなしに気が重い。浴室に般若心経がはーらーぎゃーてー木霊している、たっぷりとした水分をふくむぎゃーてーを何度もきいた。三十分ほどそうしていて、こういう日は思考を宙吊りにして、さっさと寝てしまおう、と意志するほどには気はまぎれた。

水をのんで髪の毛も乾かさず布団にはいった。


せんじつ電話がかかってきたとき、「まあ、おれ結婚する気だからさ、そういうわけで、よろしくな、たのむよ、あにき」というので、ぼくはぎょっとした。弟とは年子のきょうだいなので、かれはまだことし二十三歳にすぎない。

「え？　もう？」

とぼくは率直《そっちょく》すぎる感想を携帯電話の電波にのせた。

「やー、もうだよ……」

ゴニョゴニョと、弟は照れていた。

もうかー、とひとりごとをいいながら、ぼくは母といっしょに指定された中華料理屋にいった。弟は三歳、ぼくは四歳の物心つかないころに親は離婚していたので、ほとんど父親はしらない。しかし援助はそれなりにあって、一家は経済的に困窮《こんきゅう》をきわめるわけでもなく、幼子ふたりを女ひとりで養《やしな》うべく働きすぎてからだを壊す母、といった紋切《もんき》りの物語で打ちのめされることもなく、ぼくらはノンビリ育った。息子ふたりの子育てにおいては、はやくから放任し、子離れどころか自立心ばかりつよくてあまり息子に関心のなかった母親は、それでもそれなりの苦労をしてぼくたちを成人させ、いまでは気ままにすきなことをして、もっぱらパチンコとフラダンスとレース編みを極めつつくらしている。そんなようすだから母親はぼくらの育ちにほぼ不干渉で、「結婚観」だの「お付きあい」についてきかれた記憶もない。一度などかるいアル中ぎみでもある母親に、「あんたは男のメンヘラ、男メンヘラだからね」といわれたことがあった。

「男のくせにささいなことでうつうつとして、何事においても気力と欲望がうすいし、執着がない。だからあんたはダメなんだ」

アルコールにいわされているわけだからとかるくうけながしはせども、ややじくじくと傷むたぐいの発言ではあった。男メンヘラ。そうなのかもしれぬ。長男であるぼくにむかい、そんなことをいうぐらいなので、息子に幻想のたぐいはもっていないのだろう。

弟の恋人は心佳という名前で、弟は「しんかちゃんしんかしんかちゃん」と呼んでいて、正直ぼくは弟がかのじょのどこに結婚を決意するまでの魅力を感じたのかわからなかったけど、弟はぼくがみたことのないかれの顔でわらっていた。ひとめぼれだったという。初対面で、運命をきめるほどのふかい魅力を感じるなんてこと、あるだろうか？　ぼくはセリナとのことがあったから、ひとめぼれとかいうことばの周辺にウロウロしてよくものを考えていた。

母親はよくしらない人間の前で酒をのむと気さくになり、普段以上に常識的に振る舞うので、心佳ちゃんと適度にうちとけた。弟よりみっつ年上だという心佳ちゃんはなににおいてもこなれたようすで、さまざまな経験をおもわせる、穏当な態度でふるまっていた。どこにもけちのつけようがなかった。なにより、ぼくも母親も弟がいいということならなんでもいいのだった。子どものころから。そもそも「信頼」しあうようにお互い身を寄せあった思い出に乏しいのだから、迷惑もかけられるほどに心が頼っていなかった。

紹興酒《しょうこうしゅ》にふったザラメの、指についたぶんを舐《な》めながら、心佳をみた。目が合う。

「岳文さん、顔まっか！　だいじょうぶですか？」

心佳は、その日はじめてぼくにうちとけるようにそういった。

「あぁ、すぐ酔いが顔にでてしまうのです……。悪酔いしなくて、いいのだけど」

ぼくは後半ひとりごとのようにいい、心佳が、「すいません、お水ください、よっつ」と店員に告げた。

「あにきはのむときはのむんだよなあ。ふだんのまないくせに」

「そうかなあ」

「岳文さんは、どんなお酒がすきなんですか？」

「酔えりゃなんでもいいんだろ、にいさんは」

「そんなことはないよー」

そのようにとくに場がしまるような発言もなく、なんとなくこのままながれていけば、ふたりは結婚するのだろう空気で、くつろいでいた。とはいえ、いますぐにでも入籍、式、ハネムーン、というわけでもなく、一年ぐらいかけてゆっくり、いろいろ考えるつもり、仕事もまだ、不安定だし、という弟。心佳ちゃんももうちょい、いまのペースで仕事していたいみたいだし。

破られたのはほんの一瞬で、壊したのはぼくだった。

ところで、弟は照れがちな性格のせいか、ぼくのことを「たけ」と呼んだり、「にいさん」と呼んだり、「あにき」と呼んだりする。通常は「おい」「ねえ」「おまえ」で呼びかけられる。

心佳が、「おにいさん、もっと食べれますでしょ?」といった。

おにいさん?

心佳はぼくよりふたつ年上である。ふたつもうえである心佳に「おにいさん」と呼ばれた以上、そこに充てられるのは「お義兄さん」という漢字なのだろう。

母親もさとくききつけ、「おにいさんて、おもしろい。おにいさんなの、アンタ、アハ!」と茶化している。心佳は、「あ、ごめんなさい……」と恥じ入った。袖のみじかいシャツから伸びた肩の丸みのまん中に、アルコールに反応した赤さがポツポツさしていた。

「わたしも、日記つけてますよ」

「え、日記？」

「海斗《かいと》くんにきいたよ。日記が習慣なんでしょ？」

ため口への急変。ぼくはぽーっとした。弟は、くっきりした瞳でぼくをみていた。

話をそらすように、「たけ、酒」という。

「え？」

「こぼすなよ」

グラスが斜めに傾いていて、注意されたことで却《かえ》って焦りすこしこぼした。母親が「なにやってんのバカ」と息子にいうより、弟が「おしぼりください、多めに」と店員にいうより余程《よほど》はやく心佳は自分の鞄《かばん》からハンドタオルをとりだして、ぼくにわたそうとした。ぼくは極限まで照れて、「いいですよいいですよ、だいじょうぶですから……」と応えるとおそるべき瞬発力で席をたち、母親を退けてよこに座り、ぼくはそれだけの所作《しょさ》を最短距離で行えるかのじょの普段からの心がけ、アスレチックな身体能力に感動しつづけている。母親はこだわりなく席をたち、弟の隣に避難した。そうして股間《こかん》をふかれた、ぼくは……

「あ、すいません、ありがとう……」

「おにいさんの目、海斗くんにそっくり。やっぱ、兄弟なんですね。こうしてお会いできたこと、うれしいな」

微笑《ほほえ》む心佳は艶《つや》っぽく、ぼくと弟の肉体の類似をさがす。兄弟が共有するDNAに官能《かんのう》していることはあきらかだ。それだけ弟を愛しているのだろう。

ぼくと弟の目だけ似ていることがわかるのは、それだけ弟のことをすいている証拠だ。


日記を書いている。iPhone画面のしろい光を文字で埋めていった場所。それはある喫茶店だ。ログハウスふうの外観だが、なかは純喫茶のおもむきたたえる、珈琲一杯四五〇円の。

この場所にてぼくは、主に二度の恋と、付随《ふずい》する思い出を連想し、たわむれに風景を描きだし、思いもよらぬ方向から子ども時代のノスタルジーまでおぼえるに至った。セリナとの記憶を書きなおす、冬実との記憶を書きなおす、子ども時代を書きなおす。より誠実に、記憶が記憶としてありえたかたちをさんざ模索《もさく》しつつ、いまを書いてゆく。記憶のレイヤーを重ねることにおいて、みえてくる現在世界のなんとうつくしいことか。冬実をとおし、セリナをとおし、窓の向こうに映る心佳のスケッチが透度を増して立体的にあらわれる迫力に、ぼくは満たされる。からだのすみずみが記憶になっていまをつくってゆく。

そして水におちた二度の記憶の一体化を、はかりたかった。しかしそれには、何度試みても仕損《しそん》じる。はじめて冬実をみつけたあの日を出発点に、過去へ未来へ記憶を補完しながら綴《つづ》られるぼくのテキストと、書くという行為が並行してちょうどぼくという記録になる。片方では足らない。どこかべつの国に、べつの時代に、べつの宇宙に生まれたぼくの可能性を、ぼくの瞑想的行為のすべてが回収する。ここへきてようやくわかる、ぼくがぼくの記憶に拘《こだわ》る意義。テキストのなかでは瞑想に生き、瞑想のなかでは現実に生き、現実のなかではテキストに生きる。その三つの円のかさなる真ん中で「ぼく」がぼくの人生を語っている。そうすればぼくは、ぼくの生まれ変わりを語れる。冬実と生きるぼく、セリナと生きるぼく、だれにもであわなかったぼく、その環境世界がこの宇宙のどこかでたしかに在る。まるで物語みたいに？　ぼくはそれでいい。

喫茶店は、浜木綿《はまゆう》という名の、心佳の最寄り駅に程近い場所にあった。

中華料理屋で交わされた会話から、ぼくはかのじょの最寄り駅をしった。利用するスーパーを、書店チェーンを、自転車置き場をしった。その後の日々でかのじょの住む街を実際にあるいてあたまのなかにさまざまイメージを膨らませ、浜木綿という名の喫茶店に通うにいたった。そして日記を書いている。ときどき紙ナプキンにエンピツでそこからみえる風景画を描いたりもし、絵をかく手先から日記に綴る文章をおもいついたりして、したためたりも。派生して、冬実に突きおとされた木更津の海とそこへいたるまでの風景を何枚も描出した。できあがったつたない線の重なりをみるだに、じんわりとした幸福感がつきあがる。

仕事帰りの、かのじょの姿が一目みられたらうれしい。駅からでてくるひとだかりのなかで、ボワッとひかってみえる。見逃すこともよくある。それはそれでかまわなかった。かのじょのくらす街の落ち着いた喫茶店で、自らの郷愁《きょうしゅう》にふけり、ありえなかった未来について薄ボンヤリと考えるのは幸福だった。人生でどの瞬間にも代えがたいとおもった。

仕事には前むきに取り組み、派手ではないが二ヶ月に一冊本をつくり、三冊に一冊は増刷《ぞうさつ》することができた。会社の居心地もよくなった。多忙のせいで無為な罪悪感を持てあまし、周囲の人間をうらむ精神状態になるようなことは、だいぶん減った。ストレッチに嵌まり、肩甲骨《けんこうこつ》と股関節《こかんせつ》が格段に柔らかくなった。過多ぎみだった中性脂肪の値《あたい》も改善された。

全身の血がかろやかにめぐるようだった。

仕事のよゆうのある時期や、予定のない休日に自宅から四十分かけて喫茶浜木綿におとずれ、一年がたとうとしていた。それは突然だった。

ぼくは動転した。かのじょのほうがぼくをみつけた。

「……あのー、えーっと、もしかして……」

とつぶやいたきり、かのじょはだまっている。

「あ！　心佳、さん。ご無沙汰《ぶさた》しています！」

なにがしかへの疚しさがバレないよう、ぼくは必死でほがらかにふるまっていた。

「あー、やっぱり、海斗くんのおにいさん」

「あ、そうです、弟が、海斗がいつもお世話になっていて……」

束の間しずかになった。マスターは逡巡《しゅんじゅん》もなく水をぼくのテーブルにおいた。心佳ちゃんも当然のように座についた。

「あの、担当している作家がこのへんに住んでいて、打ちあわせがてら、ときどき作業につかってるんですよ！」

折よく、制作中の本の原稿をもっていた。それをわざとらしくみせる。

「あ、本をつくる仕事だって、海斗くんもなんだか、ほこらしげにおにいさんのこと、いってますから、存じてます」

「そうなんです、こんど、呼吸法の本をだすから、よかったらぜひ」

呼吸法の本を出版するのはほんとうだった。ライト座禅《ざぜん》をメインにした内容で、労働の疲労に埋没しがちな日々のリズムを調《ととの》えるというのがコンセプトだ。

「ほんとですか？　読んでみたい！　しってるひとのつくった本とかみたらすごい、感動しちゃうかも」

心佳はかぼちゃティを頼んだ。しゃれたものをだす喫茶店である。

「じつはこのお店、初めてはいるんですよ。わたし、このへんに住んでるんですけど」

「へぇ……」

ぼくは心のどこかで、安堵していた。どうやらばれていない。胸はこのうえなくドキドキしている。

「そっか、ご近所だったんですね」

「うん。いっしゅん、どっかでみたことある、っていう感覚がして、でも、あったのがずいぶん前だったから、すぐにはわからなかった」

「ああ……そうでしたね」

「やっぱ兄弟だからか、雰囲気が近いとこあって……というか前、いいましたよね、目だけすごく似てるって」

そうして心佳はぼくの目をふたたび覗きこむ。

「他のところはそう似ていないのに、ほんとに瞳が……そう、目が似てるといったけど、というより瞳が似ていて……」

「瞳?」

テーブルの物質性を打ち消すぐらいに心佳ちゃんが身を寄せてきて、睫毛《まつげ》が触れあいそうだった。ぼくの瞳のなかにいま、雪なり星なりが降れば、彼女は弟よりぼくのほうを、すいてくれるのだろうか? 近づいた心佳ちゃんの瞳にぼくはテキストの夢をみる。心佳ちゃんのつける日記のなかに、うつり込む記憶の蓄積《ちくせき》をおもいやる。弟の存在をみつけた日。弟の善《よ》さをはじめてみつけた日。弟への恋心をさとった日。叶った日。はじめて触れた日。「あいしてる」のこえをきいた日。弟を愛した彼女がまなざす視線の、ふりつもる文字記憶のゆくすえをみつめる。

「すきだ」

とぼくはいった。

その後、まず「内容証明郵便」なるものがきた。封筒をあけると、直ちに石上心佳氏への一切の物理的、間接的（手紙やメール、各種ＳＮＳやインターネット等のあらゆる手段を含む）接触を中止するよう通告いたします、と書いてあった。

今後もつきまとい等の行為を継続される場合には、民事上の請求、および刑事告訴も視野に入れ、なんらかの法的措置《そち》を……

そのときは作家さんと遅くまでのんだ翌朝であったので、一気に吐き気がこみあげて、ぼくはトイレに走ったが吐けなかった。弟に電話した。着信拒否だった。メールした。

……接近禁止ってこれ、どういうこと？

死ね、とかえってきた。

居間にて母親に情況をきく。弟は兄をストーカーと断定して激昂しており、心佳ちゃんは「まあまあ」と宥《なだ》めている。しかしそれすら弟の怒りを和らげない。未来のお嫁さんが義兄に隙をみせたのではないかと暗にいぶかしがる。警察に駆け込む。相手にされない。さらに怒りは燃え滾《たぎ》る。弁護士に相談する。通告をだす。通告が届く。接近禁止。そこまでを告げると、「はー……」とはっきりしたため息を吐かれ、「ほんとうに兄弟でこんなことが、起こるなんて、電話では相談されてたけど……、現実になるとなんか、くるものがあるわ」、母親は寝込んだ。そうして夕方になると起きだして、「できれば出ていってほしい」旨《むね》をつたえられた。

都合のわるいことに、その後会社が倒産した。ある日出社すると、経理の高梨《たかなし》さんに「つぶれます、ここ」と耳打ちされ、ぎょっとした。ぼくのせいか？　ちがう。これはまったくの偶然である。ぼくがストーカーだから会社が潰れるわけではない。しかし一瞬そうおもってしまった。経営状況が芳《かんば》しくないことはうすうすしっていたが、社長の父親が会社を見限り、資金援助を中止したのが決め手になった。社長のどんぶり経営は長年の澱《おり》となって積もってゆき、金より親子の情のほうが尽き果てたというのがほんとうのところらしい。社長は出版のいい時代の郷愁を引きずったまま、ＪＲひと駅の距離でもタクシーに乗るタイプの人間だった。

高梨さんにいわれてさらに仰天《ぎょうてん》したことに、ぼくと会社は正式な雇用関係になく、法的にグレーな金を給料として貰《もら》っていた。たしかに、就活のときも元々すきな会社だったからということもあって、ざっくばらんに数回訪問し、かるく雑談を交わしていたころに電話がかかってきて、「うちではたらきたい?」ときかれただけだった。いまにして考えれば、あやしいとおもう点、確認すべき点はありあまるほどだった。だけど、なぜすべきことをせず漫然《まんぜん》とすごしてきてしまったかといえば、ぼくが怠惰《たいだ》だったこと、無気力だったことにすべての因果はある。

それにしたって……! ぼくは毎日うつ伏せでゴロゴロする以外、なにもしなくなった。すべてはぼくの無自覚が原因だ。母親に出てけといわれても、いきなりは自立することはできず、週の半分ほど照雪のアパートに泊めてもらった。

照雪は、「君の恋愛は、ほんとろくでもねえなあ」といいながら、パソコンにむかって文章を書き連ねていた。かれはブロガーになっていた。月収入は七万円前後。知るひとぞ知る人気ブロガーなのだという。もちまえの観察眼をいかし、贔屓球団の全試合批評と恋愛ポエムふうの記事とのギャップが野球女子を中心にうけている。Twitter のフォロワー一万三千人。

「ブログに書いてもいい? 本人が特定されないようにうまく虚実混ぜ合わせて書

くからさぁ」

「おすきに」

「まあ、宿泊料みたいなもんかな」

「そういや前からききたかったんだけど、人気ブロガーになるべき素養ってあるの？」

「そうだなあ、プライドを捨てて、当たり前のことを労を厭《いと》わず書くことさね。十人ちゅう七人くらいが共感できるようなことを、情熱と自分の文体を保ちつづけながら書くことな」

ＰＣ用めがねを外し、キッチンにたつ照雪。

ぼくはまた枕に突っ伏した。戻ってきた照雪が珈琲をもっているのがにおいでわかった。

おれのぶんもある？

なかった。照雪はひとつのカップをいとおしそうにすすっている。なので「おれのは？」とたずねた。

「自分で淹《い》れて。居座るつもりなんだろ？　どうせ」

そういわれ、しぶしぶキッチンにたつ。とはいえ、しばらくの連泊が黙認されてうれしかった。この気遣いが照雪のモテる才なんだとぼくはおもったけど、照雪いわく、「モテは才能にあらず」。「ブログとおなじである。情熱と飢餓《きが》感の賜物《たまもの》である」

しかしこの照雪の寛容、当人いわく「いまは色欲を絶っている」のがたぶんに影響していて、家にぼくがいたほうが、いろいろと都合がいいらしい。ムラムラッときたときに家にぼくがいるかもしれないことを考えると冷静になれ、そうして自慰《じい》すら統制下におくのだと、豪語する。カワイイ女のこをみつけては先輩に紹介し、見返りに高い肉を奢《おご》ってもらったりしているので、そこ以外は煩悩まみれである。

ぼくはなれないキッチンで珈琲やカップの場所をいちいちさぐりあてながら、「でもいいなあ、月七万。ぼくなんて無収入だぜ。失業保険もでるのかでないのかわからんし」と声をあげた。

「アホだなー」

という声が戻ってきた。

「雇用契約を結んでなかったなんて。ずさん。にしても、口約束でも雇用関係は成立するんだぜ。潰れるまえに悟ってけよ。わかるやろ」

「うるせー。いまだに仕送りで暮らしてるくせに」

「無収入童貞だな。おもいかえせば、おれは就職活動がどうしても肌にあわなかった。うけつけん」

「おれだって」

合わなかった。面接の前日、毎回うつうつと不眠をやりすごしていても、もう就職をあきらめようと毎日決意しても、翌朝には説明会に申し込んだりしていた。

珈琲を淹れる。すーっとにおいを吸い込んだ。いとしい。危急存亡のさなかにあって、珈琲をたのしめる人生というものが、たまらなくいとおしくおもえる。いまだけの、つかの間ポワッとたのしいきもちが胸に灯《とも》されていた。

「……おれ無収入か。最後の本もけっきょく出せなかったし。先生にもうしわけない」

つぶやきつつ、部屋に戻った。照雪は「ほれ」と書類の束をくれた。中身は、雇用契約に関する記事や相談サイトのページ、ひいてはストーカー規制法の内実や適応例などが、プリントされたものだった。

「保険だけはちゃんとやれ。役所にいけ。ストーカー関係は、ブログ記事のついでに調べてみたヤツ。いっても、裁判所から正式にくだされた命令でもないんだし、相手方をへんに刺激しなきゃ問題ないだろ。無職のほうをなんとかしろ」

ぼくは感動した。みるとえんえん照雪はなんらか記事を書いている。

「まだブログ書いてる!」

「書けるときに書きためないと、いざというとき遠出とかできないしな」

「一日もやすまないの?」

「なんの予告もなくやすむのは命とりだね、ブロガーの命、アクセス数に直で影響する」

「うへー、会社のほうがらくだわ」

「それよく言われるなー……」

画面を覗くと、『こうして童貞の天才は培《つちか》われる〜社交的な童貞のススメ〜』というタイトルが予定されている。

「あきらかなクソ記事だな」

「たまには変化球でな」

と、会話をしつつ高速のタイピングをこなしている、照雪は頭の回転がはやい。なぜそれを就労にもいかせないのだろうと訝しくおもう。

「にしても、まさかストーカーあつかいだなんて、ひどすぎるよ」

ぼくはカフェインのせいかあたまがスッキリ冴え、もう何度目かのせりふをいった。心佳のかわいいイメージがふくらんで、せつないきもちがますます昂《たかぶ》る。ぼくも日記を書きたい、と突然におもった。

「三度目の入水を予言しとこ……」

照雪はブログの内実か会話のつづきか区別のつきかねることをいった。

つかつかとあるいて窓による。高い磨りガラスのむこうで、月が横長にゆれている。この月を心佳もみているだろうか？　ぼくが心佳にこがれるエネルギーは、冬実とセリナへむかったものと差別化できない。磨りガラスのむこうにうつる月が満月なのか半月なのかその中間なのかわからない具合とおなじに。

みて、とおもった。ぼくがすきになった女のこ。ただしあわせにわらっていてほしいだけなんだ。だけど、純粋こそが犯罪に、純粋こそが暴力にあたるものなのだとわかっている。ぼくは壊されたいから。破壊させる衝動をもってそれを愛と呼ぶのは間違っている。守りたいのきもちが叶わないから、壊したいとおもう、それなら壊されたい自己愛とおなじかたちだった。壊されたいから、かのじょたちは自分を壊しにきていると怯えてしまう。

「寝るー」

と告げて、ベッドに潜り込んだ。足元にのっていた本をバサバサおとす。

「あとでつまみ出すけどな」

宵《よい》っ張《ぱ》りの照雪が眠るまで、三時間。それまでは、ベッドに寝られる。そのあとで床に蹴りころがされ、枕と客用の布団を投げつけられている。ありがたい。いまは。暴力的な蛍光灯の煌々《こうこう》と照るなかねむる、だれかの息づかいとタイピングに浅い夢を与えられながら、まどろむ、とかが心やすい。そうでなければからだがとても、ソワソワして……

もっとちいさなからだにうまれたかった。体格としても、権力としても、限りなくちいさくちいさく、だれもこわがらせないそういうきもちで、食事もすこしですむし、それぐらいならじぶんで稼げるよ。そうしてさいごの弱さにたどり着いて、かのじょたちよりひ弱な筋肉で、空の群青《ぐんじょう》を見あげるようにすがすがしく、脆弱《ぜいじゃく》な手で生まれなおしたかった。どこか果しなくとおい、女より男がずっとちいさく弱く生まれ、女性性のほうが男性性よりも遥《はる》かにいばっているわく星で、声高に宣《のたま》う。

「それでも君を守る」

きがつくと、プールサイドに横たわっていた。

「もしもし?」

耳にきこえる。

「もしもーし」

「はーい」

応える。プールサイドはひやっこい。背中に張りつくいくらかの水溜まりが、身じろぎするごとに皮膚に吸われては弾けた。頬がじいんとする。ペチペチと叩かれていた。

「もう、注意してくださいよ、じぶんがきがつかなかったら、どうなってたか」

区営プールのバイトの男のこがいった。

しかし、違うのだ。プールサイドをあるいていたときに、背中を押されたのだ。プールからひきあげられたあとあやしげに、抑揚《よくよう》も意味もこえもないようななにか音を、ぼくの喉《のど》は発していたという。

「まるで念仏みたいな……」

「それはどのような?」

「えっと、『オーン……』モニョモニョ、『……ガテー……スバー……ハー……』ゴニョゴニョ……、といった」

「……」

「とにかくおにいさん、プールにはいる前にはちゃんと準備体操してくださいね」

「おにいさん……？」

係員をまじまじみる。あきらかに高校生か大学生だった。なにかをおもいだしそうになり、ふり払う。唱えていたというわ言を追うことでなんとかじぶんの意識を誤魔化《ごまか》した。

そのときぼくは意識のさかいで、マントラまがいを唱えていた。遥か千五百年を遡る意志だけが、重たくて。そうしてさぐる、押された気がした背中の感触、あるやなしやの自我、ぼくにはとても勇気がなく、直視できなかった可能性のこと。

「二度の水没に、意味なんてなかったんだ……！」


あとは暴力的な余暇《よか》。

つぎの就職活動へのなぐさみにと通っていた市営プールを、追いだされたような気分でそのじつ自主的にいくのを止めたぼくは、連日バッティングセンターに通った。巨大な駐車場の奥にあるボロボロの施設、たかくそびえるフェンスに、バットで打ち返したボールをめり込ませんと、打ちつける。ひろがりきったフェンスの網目のところどころに、白球が挟まっている。バッティングは贅沢品《ぜいたくひん》だ。二十五球三百円。ワンゲーム打ったら、あふれる汗を拭いながら外にとびだす。

平日の昼間から、やってるのかどうかもわからないほど寂《さび》れたバッティングセンターにいるのは、ぼくぐらいだった。駐車場の、車の停まっていない止め石に腰かけて、家でくんできたペットボトルのぬるい水をぐいぐいのむ。からだじゅうの水分がしぼられていて、カルピスみたいにあまくかんじた。子どものころ、学童保育の建物についていた蛇口《じゃぐち》からだけでる謎の井戸水のうすあまい味をおもいだす。

イメージトレーニングする。褪《あ》せた緑のアームがギシギシと回り、天辺《てっぺん》に達したと同時にぎゅっとふりきられ、ボールがあっという間に射程距離に届く一幕目。目でみて、左足を踏みこみ肩から捻《ひね》るようにからだを回転させる二幕目。打てたなら反動がからだ中の筋肉を軋《きし》ませる、空ぶったら手応えの捏造《ねつぞう》が意識を空転させる三幕目。

空ぶりはエネルギーの散逸《さんいつ》だ。打つつもりだったエネルギーが記憶を創り、思い出をただしく構築させる。在《あ》りし日に弟と交わした会話がよみがえった。

「あにきは天邪鬼なんだよ」

ひとことひとことを交わすように、ぼくら球を交換した。

「そんなんじゃねえよ」

キャッチ。返球。

「へんな衝動に任せて人生を間違えんなよな」

衝動？

ぼくらは川べりでキャッチボールをしていた。まだぼくが高校一年で、弟が中学三年で、兄弟とも違う場所でそれぞれ野球をやっていた。

冬空だった。雲が縦にながい。

弟のボールが、グローブ越しにぼくの左手の甲をつよく押す。ちっちゃな頃に比べると、弟のからだは段違いにつよくなっている。手の甲は、痛みと心地よい圧力のちょうど中間の反動を感じとっていた。投げ返す。弟の左手とぼくの左手の感覚が交換されるイメージをもった。弟が捕っているのか、ぼくが捕っているのか、いつしかあいまいになった。

「野球、どうしよっかな、高校では」

と弟はいっていた。

「え、やめんの？」

「だから、どうしよっかなって」

「ふうん」

白球を、たんたんと交換する。弟の球は、野球を止めようとしている者の球にはおもえなかった。リズムよく、時間がながれるままに、球がきた。進路がきまって、からだがリラックスして、投げられた球に意志があるとおもった。つたえたいことばより、投げつける球に饒舌《じょうぜつ》がうつった。

やめんなよ

きもちを球に込めた、あの日の記憶は、ぼくが最後の打席を空ぶったときに繫がっていた。打てたならまた、べつの記憶が繫がったろう。だけど全力で空ぶったあの時間のつづきは、もう二度とない。

打てたならただきもちいいだけだ。

打てなかったら、ハッと我にかえる四幕目。プールで水におちたときに、背中を押されたきがしたみえざる悪意が頭をよぎる。錯覚だとして、勝手にじぶんでおちたのだとして、それでも残る、生ぬるいひとの体温の感覚。

肝要《かんよう》なのはタイミング。ルーティンに集中するという矛盾した身体性。それぞれの肉体に適した体重移動を発明し、下半身の儀式をたんたんと、リズムよくおこなうことによりはじめて球を「視《み》る」ことができる。ほんとうにまっすぐバットを「振る」ことができる。きちんと振ることさえできれば、当たるか当たらないかはそう重要じゃない。空ぶるからこそたちかえる、その時間の再構築こそ重要で、それをしないと上達しえない。ぼくは、試合ではてんで打てなかったヒットヒットホームラン、を量産した。

休憩《きゅうけい》していたら、いつもは空っぽのカウンターからおじさんがあらわれて、「ここ、閉めるから、一ヶ月後に潰すから」といっていた。すでに貼り紙でえていた情報だったので、ぼくは驚かなかった。

「そうですか」

併設されたテニス壁打ち練習場というのがあって、ぼくは平日のがらすきを利用して、そこでキャッチボールの壁打ちをやっていた。ボールが壁にあたるたび、しろく擦れる跡が壁にのこった。ずっとバッティングをやっていたらお金がなくなってしまうから、ぼくは壁に投球をあてて跳ね返ってきたボールをキャッチして、時間を潰していた。青空のした、ボールが壁にぶつかる音が、だれにもきこえていない。

捩《よじ》る動作はバッティングと同じだ。左足をステップし、肩からからだをひらく。全身がひとつのゴムであるようイメージして、右肘《みぎひじ》を軸としてふりきり、力一杯ボールを投げる。ゆるやかな放物線をえがいてすこしあとに、壁にあたる音が鳴る。

空気がつぶれたいといっている。ボールのなかの叫びで跳ねかえってくる。ぼくはきいている。ボールのこえを。なぜなら圧倒的に暇だから。

あらゆる生活のせわしいこえ、明日を餓《かつ》える夢のこえ、こなされるを待つ労働の、守るべき他者のささやく、生きがいのこえ。それらがなくなったいま、代替されるしぜんの、生命のこえがにぎにぎしく語りかけてき、いつしか現世的な恐怖心と適切な距離をとれるようになっていた。

いろいろ考えたあげく、すぐにでも転職活動をすべきだったのに、ぼくはまずスマートフォンを解約した。パソコンを梱包《こんぽう》し、クローゼットの奥にしまった。すべての本を売り払い、DVDを、CDを、ゲームソフトとゲーム機を売り払い、テレビのコンセントを抜いて丁寧に輪ゴムで括《くく》った。PCや文房具をおく用途のミニテーブルを畳《たた》み、それらのすべてもクローゼット。部屋のなかにあるものを、ベッドひとつにし、あたりをみわたす。そうしてベッドを部屋のど真ん中に移動した。やけにかろやかに動く。余剰物、障害物のない空間では物質も自分も、かろやかに動きすぎて浮いているよう。空間をベッドだけにし、それを部屋のど真ん中に据《す》えることにより、部屋という概念を絶つ。こうしてこの部屋に生きた二十余年の記憶が混乱する。ぼくはこの部屋に染み入ったあらゆる動線を捨てた。

これは実家の自室だからできることだろう。ひとり暮らしではどうしても必需品の比重は増すから、絶つにしても妥協《だきょう》のほうに寄らざるをえない。それでもいいけど、いまの情動にそぐう重力ではなかった。

クローゼットの扉をしめた。

服をとりだしに開けるときにはふかい呼吸を意識し、ほそくながく吐きだしてけして吸い込まない、ほとんど呼気でしかない簡易的マントラを考案しとなえた。

インスタントにあらゆる世俗のこえを絶つ。

これはぼくが心佳をわすれるうえで、最低限しなければいけないことで、恋心をころすにはぜったいに、これぐらいのことはするべきなのだと、過去二回の失恋のあと意識をうしなったぼくの経験が語っていた。記憶にまとわりつく、文体、練り込まれた感覚を宙吊りにされたまま放置するしかないのだ。恋をしていたころの細胞を滅するほどの、能動的な殺意で。

そうして自宅には寝にかえる以外、外をずっとあるいていた。一日十二時間ぐらい寝た。いくらでも眠れた。母親にはもはや完全に無視されていたので、ここでもあらゆるこえはきこえてこない。頻繁《ひんぱん》に照雪の家にいって寝かせてもらい、めしを食わせてもらい、珈琲をふるまってもらい、あとはひたすら近所を散歩し、日記を書き、近所を散歩している。

だからバッティングセンターはぼくの一大エンターテインメントだった。だけどそれもあと一ヶ月で閉まる。昔からそうなのだけど、ぼくは室内バッティングセンターではうまく打てない。すこしも空が視界に入らない巨大ゲームセンター内の施設ではまったくバットに球があたらず、友だちの前で恥をかいた。ここは空の真下にネットが被さってるだけの環境で打てるから、青の粒子的関係上か、よく当たるのだった。しかしそれももう終わり。ゆるやかな諦念《ていねん》を飼い慣らしつつ投球の壁打ちを一時間、二時間とくりかえしてくると、生きているよろこびで笑いがこみあげる。生活の基調音としてぜつぼうが鳴っているのに、幸福でもなんでもない生きるおかしみがこみあげて、しぜん口元がほころんでしまうのだった。

あと三十球投げたら、もう一回だけバッティングをしよう。それだけのことがものすごく、たのしみで、からだじゅうがソワソワしている。情緒《じょうちょ》がマイナス方向に爆発したら、投身してしまおうかとボンヤリ考えていた。じぶんの意志でちゃんと、この肉体を水にかえそうか。

「どんだけひ弱なんだよ」

照雪はいった。もういまが何月何日何曜日かもわからないぼくの、とある夜。暑さに汗ばんだ頬がしめっていたので、まだ夏はいっていないようだ。

「お前の生命力。生きろよ」

「わかる」

ぼくはハハッとわらった。ここのところ、照雪のこえをきくだけでどうしようもなくおもしろい。ぼくは照雪の家にゴミのようにおいてあったギターをポロンと奏《かな》でた。

「というか、はやく役所いけよ、肝要なのは保険だよ保険」

「ところがさ、おれ、未《いま》だかつてないほどの健康に恵まれていて、医者に縁遠いからしばらくはいいよ」

「そういう問題じゃねえんだよ」

相かわらず、照雪はパソコンにむかいせっせっせっとブログを書いていた。口では注意しつつも、最近はぼくのミニマル型自暴自棄についてのサブブログを開設し、ささやかなアクセスをえているらしい。ブロガーとはかくのごとく、行動原理とテキストが逆行する宿命にある。

「たびたびテルのつくる栄養たっぷりのめしをたらふくくうだろ？　一日三、四杯の珈琲で適度なカフェインを補給、充分な睡眠、適度な運動、極力欲望をもたない生活」

それで、肌つやはよく、脂肪《しぼう》も削《そ》がれ、気力も充実。

「ゆるやかな自殺健康法って記事、かくといいとおもうよ」

そのようにして一ヶ月をくらし、いつものようにリュックに照雪の家でポットにつめた珈琲、ペットボトルにつめた水道水、日記をつけているノートとボールペン、自前のグローブと白球をつめ、バッティングセンターにいくと、ほんとうに閉まっていた。潰れるまえから、営業していないとおもわれるような外観だったから、自動ドアが動かないことでしか閉店の現実がわからなかった。

ぼくは無為《むい》にリュックからグローブをとりだし、まじまじと眺めた。高校時代からつかっていたグローブ。ありあまる時間ですみずみまで磨きかけていたせいでピカピカだ。いつも照雪のブログを書くよこで手入れしている。ブラシでざっと砂をおとしたあと、これ一缶でクリーニングから艶だしまでなんでもござれ、「スーパー漢技《おとこぎ》クリーナーオイル」を少量、嵌めた軍手の指先にとってのせ、汚れやすい捕球面をていねいに、ボールがビシッと収まるビジョンを授けるようにしんけんに磨いてゆく。布でおこなうより、こまかい凹凸にも直《じか》にからだがいき届き、捕球と生活の関係におもいを馳せたりもする。さいごに軍手を裏返して、余分な油をふきとる。これを三十分ぐらいかけて、ていねいにすすめてゆく。

ムートンや他のワックス、オイル類は捨ててしまっていたが、クリーナーで擦っては磨くをえんえんくりかえすだけでも、そうとうにつややか。ボールが吸いつく。

フォルムも完璧。軍手を洗って干すまでがメンテナンスなのである。照雪のマンションから臨《のぞ》む遠景に滲む、片方だけの軍手。朝起きて、昨晩干しておいた軍手がかわいていく、太陽を背負って、時間のながれがとてもうれしい。

仕事をクビになって二ヶ月。ぼくはふたたびあるきだした。いくぶんひやっとした風は吹くものの、湿気と熱はまだあって、秋にはまだとおいことがわかる。とりあえずいまは、川をめざしながらてきとうな壁をさがしている。白球を打ちつけ、元気よく跳ねかえってくるまっすぐな、すこやかな壁である。傾いていたり、でこぼこしていたり、くぼんでいたりして、なかなか健康な壁はみつからないものだ。あるきつづけているうちに川も地元をとおざかる。汗だくになってぼくは、コンクリのでっぱりに腰かけて休憩していた。

川面は昼のひかりを反射している。まだオレンジがまったく混じっていないから、二時とか、三時とか、それぐらいなのだろう。奥のほうは鏡のように空をうつしているが、中央は風がながれているのかシワシワと景色を散逸させている。

巨大な後悔とか、自己嫌悪、死んでしまいたい自己否定のさなかでも、ぼくは人生がおもしろかった。こんなの、神秘いがいのなんなのだろう？

そして夢中で日記を書きつけていた。膝のうえでノートをひらき、利き手の小指がわの腹も汗をかき、帳面がしめると水をのむ。書くことは無制限にのびやかに、ひろがってゆく。

水をのみ、ふとボンヤリしていると、一時間も一秒もなく、どんどん時間がすぎさってゆく。

膝のなかに顔を突っこみ、暗闇をつくった。紙がグシャグシャに歪む。土に「いなくなれはしない」と指で書く。ふと影がさし、ふりむくと、そこに弟がたっていた。

弟はぼくに、「こんなとこにいたのかよ、バカ」といった。

ぼくは全速力で逃げだした。

「なんで逃げるんだ！」

声に背中を押されるように、ぼくは逃げた。

その感覚に既視感《きしかん》があった。

いつの間にやらプールにおちたときの感覚、背中を押される感覚、それがよみがえった。やっぱりあのときぼくは、じぶんでプールにおちたのだ、とわかった。おとされたにせよ、おちたにせよ、なんらかの裂け目があらわれていて、なにが自己をそうむかわせたかとよくよく省《かえり》みるだに、「どこかへ!」という意欲ばかりのてざわりがある。能動ではない、意志でもない力、それがぼくを何度も水へおとした。しかしいずれもそれはぼくの人生、ぼくがみずから導いたなんらかの力、意識なき物理だったのだとわかった。

弟は追いかけてきた。しかし、いまはぼくのほうが肉体が充実していたから、差はひろがった。なにをいっているのか定かでないこえが、どんどん背中を押すので、その距離がわかった。音が届くまですごく時間がかかるし、弟が声にのせた意味もどんどん不明瞭になっていった。ぼくは限りなき充実感をおぼえていた。かつてこんなにはやく走れたことがあっただろうか? このまま一日が終わるまでずっと、逃げきってしまおう。そうやって生活を執着を、振りきってしまおう!

しかし、ぼくは転倒した。

不慣れな速度にからだは対応できなかった。逃げきれた筈《はず》だった。なのに、ちゃんと逃げるからだをつくりきれていなかった。もうすこし、準備ができていれば。

いっしゅん、かつてないおかしみがわいてきかけたが、追いついてくる弟の感情がこわくてわらえなかった。弟はヘロヘロになってたどりつくと、あまりにも息がきれて、こえもことばもなにもだせなくて、ひたすら膝に手をあてて、そのままの姿勢で約五分。ぼくは、できるだけ謝罪の姿勢をしめそうと、這《は》いつくばったまま弟の息がととのうのを待っていた。夏に蒸《む》された草のにおい、それと濃厚な土のにおい。

「てめえ、なんで、はあ、はあ」

弟はまだ言語を取り戻していなかった。さらに数分間、こんなとこに、はあ、はあ、いやがって、さがしたし、はあ、なんで、はあ、逃げるんだよ、といっていた。ぼくのほうではいぜん地面に這いつくばり、おそらく擦りむいている手の傷すらみないで、とっくに呼吸は通常に戻っていた。みじかい草を半ば無意識で摑んだりはなしたりしていた。

「心佳とはわかれた」

明瞭な発声をとりもどした弟はまずそういった。

弟はぼくを殴った。

ぼくは顔面を殴られるのがはじめてだった。殴ったこともなかった。弟もそうだとおもった。打ちつける拳がぼくの鼻にふれるほんの一瞬、弟の目が瞑《つぶ》られるのをぼくはみた。むきだされた眼球の膨らむままの、暴力を拳につたえる運動神経のいっしゅんの伝達が、切断された。しかし鼻はツーンと痺れて、涙が反射的に目じりからながれた。後頭部を地面にうちつけ、痛みと意識の鈍重とをドッキングした感覚が手足の感触を鋭くさせた。ぼくは抵抗しないで殴られたかったが、からだが勝手に覆《おお》い被《かぶ》さる弟のからだを押した。おもいがけない力がでて弟は後方によろめいた。持ちこたえそうにみえてやはり倒れた。そこから弟の目の躊躇《ちゅうちょ》が消えてひたすら殴られた。弟はほんの幼いころに、まだ一年がおおきな体格差を兄弟に与えていたころ、おもちゃを貸してもらえなかったときにそうしていたように、こえ以前の獣めいたひびきで喉をふるわせ、ぼくの顔面にひたすら拳をぶっつけていた。

時間がどろっとながれた。いつから殴られはじまって、どういうタイミングで殴られおわったのかわからなかったが、いつしか暴力は止んでいた。

立ちあがるまでぼくは、じぶんの意識がどうなっているのかわからなかった。こわかった。立ったら死ぬ、立ったら死ぬ、とおもった。死ぬのはこわくなかった筈なのに、いま地面に立つというたったそれだけの努力がどうしてこんなにこわいのか。

一頻《ひとしき》り兄を殴ったあと、どこかへ消えたとおもっていた弟が戻ってきて、あにき、ごめん、立てるか？　救急車か？と呼びかけた。

「ごめん、ごめんな、おれ、兄貴として、なんか、ごめんな」

おれのほうこそ、と弟はいった。つめたい布を顔にあてがわれた。

おもいきって立ちあがると、あんがい元気で、ビックリした。ふらつきもなく、痛みもない。ただあまりにも「ない」ので、じぶんがじぶんの肉体を騙《だま》しているのだとわかった。

おもえばストーカーになって、クビになってての二ヶ月は、このような一瞬をずっと延長していたにすぎないのだ。きがついていた。ほんとうには、日記に書きつける文章のはしばしにも、ずっとこのままではいられないんだろうなと悟った、明晰《めいせき》な諦念はあらわれていた。書きつけていた数日前の日記のことばを、実感を、すこしちがったと二重線で消して書きなおす。ＰＣがなく、手書きでしるしたせいでデリートできなかったのこった文章や構成するその語彙《ごい》。しかし書いたものも書きなおしも、永遠に実感を結ばない。なんど語彙を取り換えても、なんど一文を入れ換えても。間違っていたのは実感とことばの関係ではなく、ながれそのものだったからだ。

だからもう、ぼくはぼくをやめる。主人公でもヒーローでもないただの男は、弟の前ではただの兄でいる。兄にとって目の前の男が弟いがいの何者でもないのと、ちょうどおなじに。手を摑んで起きあがり、肩を借りてあるきだす。しかし実際には却って歩きにくかった。

「いいわ、歩けるわ、あんがい」

「でも顔、すごいぞ。鼻血が歯についてるし」

「お前のせいだわ。なぐんなや。バカ」

「ほんものの殴られた血の色は、木の幹のようなんだな」

「うるせえわ」

手を掴み、肩を借りたいっしゅんで、兄は弟の傷ついた日々をしった。こんなかなしい肉体を借りては、歩ける道も歩けない。殴られた痛みごときで他人の人生をあがなえるはずもない。弟の感情のほんとうも永遠にわかりえない。ただこの痛さをおもいだすことなしにこれからの人生はないのだろう。夜の川原を弟と気まずく歩く。せせらぎだけが耳に届いた。恥ずかしいばかりだ。

ふたりで家にかえり、ふたりでひさびさに夕食をとった。母親は食事をつくるにはつくってくれたが、早々に寝込んでしまった。兄弟の顔をみていっしゅんひどい表情になったが、なにもきかなかった。代わりに、

「もう、あんたたちのことはしらないよ」

と、ここのとこの口癖を捨てぜりふに寝室へ消えた。黙ったまま、兄弟はたんたんと栄養を摂《と》る。おもえば、弟が家をでる二十二歳までは、ほとんどおなじような栄養でからだをつくってきたのだった。それぞれの情緒のたよりない不良にしたがって外泊したりしても、戻ってきたら「めしある？」とかいって、おなじ栄養補給をし、おなじ成分で、いくつも夜を越えてきた。

飯を食い終えたあとで、弟が「キャッチする？」とつぶやいた。

「バカか。できるか」

「だよね」

小中高と、夕食のあとで「キャッチする？」ときいてくれるのはいつも弟だった。「する」「しない」、そんなそっけない応答でコミュニケーションもなりたつ、角もたたない、そんな兄弟なのだった。

「やっぱ、しよっか……」

それでなんとなく、家の前でキャッチボールをした。兄は意識がおぼつかないせいで捕球がたよりなく、弟は座り仕事の毎日で筋肉がおとろえていて、グズグズのキャッチになった。外灯のあかりでとれる距離も小学生のころのようでしかない。兄弟はなにをしているのだろう。それでも、止めるきっかけもわからなくて、えんえん白球を交換しつづける、夜のした。


目がさめると、弟が部屋にいた。

空間のまん中にベッドだけの、他には窓しかない部屋のなかが、「なんかすげーきもちわるい。驚異の居心地わるさだ」といっていた。

「中にいると見た目以上だ、一秒ごとに落ち着かねえぞ。よくこんな部屋で何ヶ月も寝られたな」

「きょう、何曜?」

弟はそれには応えず、「有給とったから」といった。

頭がガンガンに痛んだ。高熱があるのは目のしたあたりの腫《は》れあがるような感覚でわかった。せりあがる熱が肉のごとくになり、したからの視界を遮《さえぎ》る。弟は冷えピタを兄の額に貼ってくれていた。

「そんでまたきもちわりいうわごといってたぞ、まじでお前もこの部屋もこえーわ」

弟はそういって、そそくさと部屋をあとにした。

無職期間にためていた肉体のエネルギーが、毒となって一気にかえってきたようだった。風邪の日の昼さがりに感じるたぐいのしずけさに意識を預けると、夏のおわるこえがした。いつしかじぶんの声音《こわね》を確かめるようなきもちでつぶやいていた。

「ぼくは……」

挫《くじ》けた。

体力いぜんに、なにかをあきらめたから。ほんとうには、「あきらめることをあきらめた」。

でも一瞬、なにかを悟ったきがした。維持はできなかった生きる真理が、ノスタルジーを結びマントラをほどく。もうでっかい自分はこの世にない。弱くもなりきれない。なんでもないじぶんをなんでもなく生きて、主役をだれかに奪われる毎日を、へいきで生きる。

「おーい、おーい」

寝たまま、弟を呼んだ。

「ぼくのパソコンもってきて」

ひさびさにＰＣを点ける。最初にしたことは、照雪にギフトをおくることだった。ネット回線を絶っていたのでけっきょく弟の電波をかり、「おい、熱下がってからにしろよ」といわれるのもきかず、おいしい珈琲豆の販売サイトに繋げた。

照雪へのギフトで貯金はあらかた尽き果てた。気力も果て、布団のうえにＰＣをおいたままカーッと寝た。もう夢に形象《けいしょう》はあらわれなかった。

つぎの冷えピタでまた目がさめた。

「……きゅうにバチッと目がさめたな、いまはうわごともなく死んだように寝てたのに」

弟はビックリ、目をまばたいていた。

「熱もだいぶ……」

「散歩いくぞ」

バサッと布団を剝《は》ぎとってたちあがり、バタバタと着替える。汗だくのシャツを脱ぐと、窓からさしこむ風が肌をなめた。

「もー……」

すげー唐突、といいつつ弟はリビングにいって財布をつかんで戻ってきた。

「ジュースおごってくれよ」

「なんだ、高校生かよ、弟にたかんなよ」

「コーラのみたい。無一文なんだ」

「百円もねえのかよ」

「百円もない」

「やべえ兄だな」

「あと、ベッドを壁に寄せるから、手伝って」

「え、いま？」

「いま」

近所の川をみにいった。いつみてもおなじようでいて、ながれや光の角度においてまったく違う姿をみせる、景色が目映《まばゆ》い。シュワシュワと揺れる水面に、反射した夕陽がとおざかる、斜めにずれながら、川原にはみだしてゆく。弟に奢らせた缶コーラをジビジビのみつつ、土と混ざる風のにおいを嗅ぎ、いつでも水位のたかい川面を眺めた。季節と水面のかんじから判断して、だいたい六時半。

「てかおまえ、これからどうすんの?」

と弟に問われると、夕方がもう終わりそうだった。

「どうすんだろ」

笑うと、まさに沈まんとするその日さいごの残照が赤を燃やした。

そのときふと、目の前に父子があらわれ、手すりにからだをくぐらせはしゃいでいる五歳ぐらいの子どもの姿が目に入った。柵に腹をあずけ遊んでいる、子どもならではの集中が乱れた瞬間を、はっきり目撃した。

危ない!

コーラをなげて駆けだした。茶色の柵のてっぺんに胴体をあずけて、ぐらぐらしている、五歳ぐらいの男のこのからだは柵の手前より奥にどんどんふかく、闇に吸い寄せられていた。

いそいで足に抱きついて、ひっぱりあげた。

男のこは迷惑そうにしている。遊んでいるだけのつもりだっただろう。だけど、ぜったいに、かれはおちる、という確信があった。近くでスマホをチラチラみていたおとうさんにも、「ありがとうございます、ほら、たけるもお礼をいう！」といわれたけど、余計なお世話と目つきが告げている。

「ありがとう！」

しかしきちんとお礼をいった男のこにバトンタッチ。それでいい。

「あにき、走んの速えなあ」

弟が心底からあこがれているときの顔でそういった。

初出　「文藝」二〇一七年冬季号

町屋良平 まちや・りょうへい

一九八三年、東京都生まれ。
二〇一六年、『青が破れる』で第五三回文藝賞を受賞しデビュー。
二〇一九年、「1R1分34秒」で第一六〇回芥川賞を受賞。
他の著書に『しき』がある。

ぼくはきっとやさしい

二〇一九年二月一八日　初版印刷
二〇一九年二月二八日　初版発行

著者　町屋良平
装幀　佐藤亜沙美（サトウサンカイ）
装画　かとうれい
発行者　小野寺優
発行所　株式会社河出書房新社
〒一五一－〇〇五一　東京都渋谷区千駄ヶ谷二－三二－二
電話　〇三－三四〇四－一二〇一（営業）
　　　〇三－三四〇四－八六一一（編集）
http://www.kawade.co.jp/
組版　株式会社キャップス
印刷　株式会社暁印刷
製本　小泉製本株式会社
Printed in Japan　ISBN978-4-309-02784-5
落丁本・乱丁本はお取替えいたします。

河出書房新社　町屋良平の本

河出文庫

青が破れる

その冬、おれの身近で三人の大切なひとが死んだ——究極のボクシング小説が文庫化！　第53回文藝賞受賞のデビュー作。尾崎世界観氏との対談、マキヒロチ氏によるマンガ「青が破れる」を併録。

ISBN978-4-309-41664-9

しき

高二男子の“踊ってみた！”春夏秋冬——特技ナシ、反抗期ナシ、フツーの高校二年生・星崎が、悩める思春期を、16歳の夜を突破する。「恋」と「努力」と「友情」の、超進化系青春小説！

ISBN978-4-309-02718-0